JN128820

童話集

月夜のしか

下田 幸子

光陽出版社

童話集　月夜のしか——もくじ

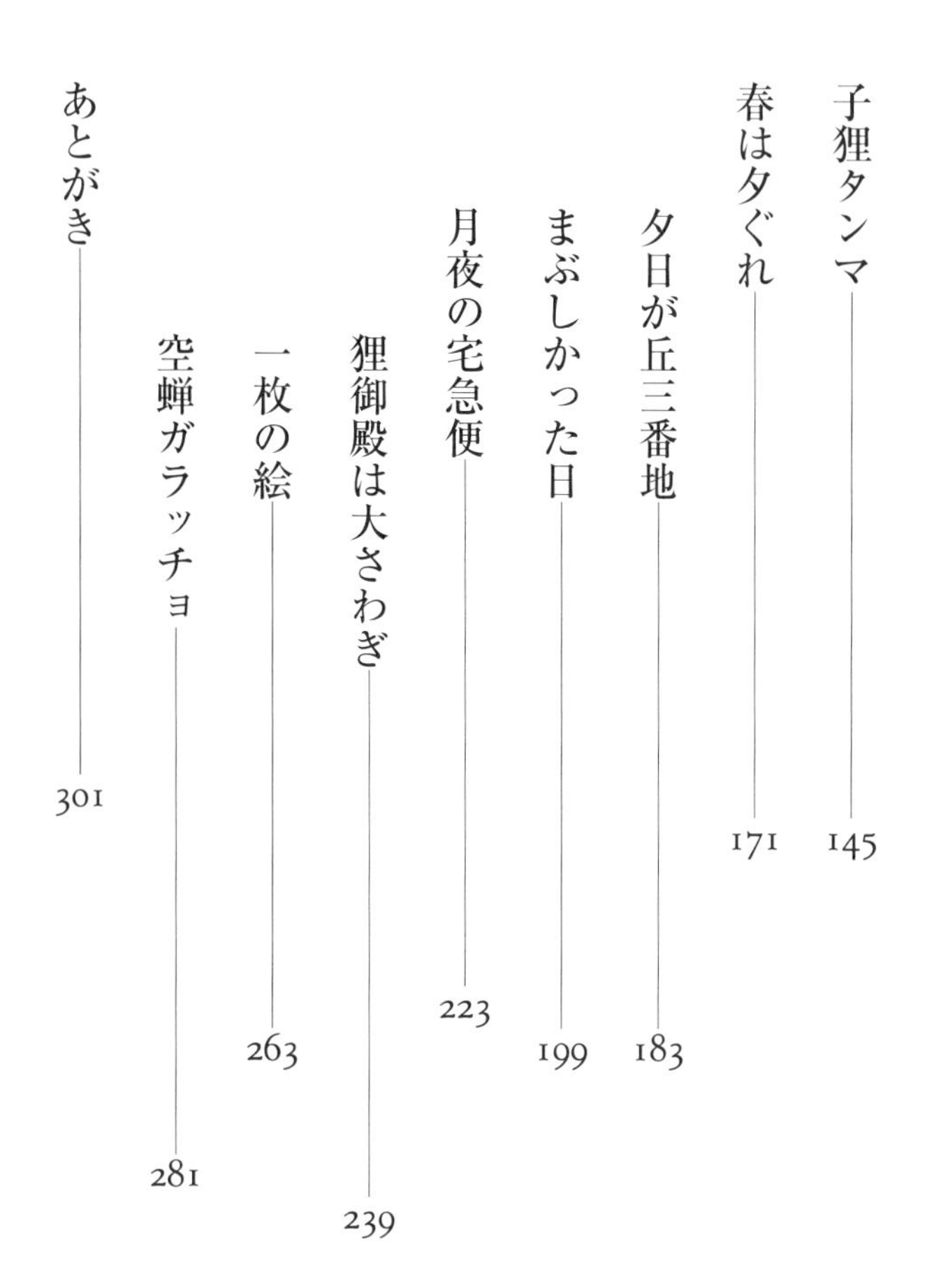

月夜のしか

月夜です。わらの上にねむっていたうさぎは、ピコッと耳をふるわせると、しずかに目をあけました。こやの前に、何か黒いかげが立っています。

「だあれ？」

うさぎは、用心ぶかくききました。

「ぼく、しかです」

「ヘッ、しかだって！」

うさぎはガサゴソと、こやのかなあみまで出てきました。そういえば月の光をあびて、へんなしかが立っています。

――かげのようだぞ。いや、ほねのようだ。まてよ。やっぱりしかのようでもあるな。――

うさぎは赤い目をこすってめがねをかけました。

「ぼく、チエちゃんにねこやなぎのえだで作ってもらったしかなんです」

――ははあん、それであんなミョウチクリンなしかなんだ。――

うさぎはニヤリとわらいました。

×　×

春、まあるいねこやなぎのめが出るころ、チエちゃんは工作の時間に、そのえだでしかを作りました。二本のえだを組み合わせたもので、一本のえだは、ほそいかおと四本のほそ長い足になっています。ほそいかおには、こがたなでけずって黄色いクレヨンでぬった小さな目もあります。もっともうしろ足は少しびっこでしたが、そのかわりセロテープでまきつけたもう一本のえだは、とびきりりっぱなつのでした。そしてしっぽは、チエちゃんのセーターののこりのオレンジの毛糸が少しばかりりぶら下がっていました。

　チエちゃんは、そのしかがとてもかわいくて、いつもじぶんのそばにおいていました。つくえの上、えんがわのはじ、テレビのよこなど。でもそのうちに、しかはだんだんわすれられ、とうとうかざりだなの上におきっぱなしにされてしまいました。そして大そうじの時、お手つだいに来たおばさんに、にわにすてられてしまいました。

　月のきれいな今夜、ふとチエちゃんはそのしかを思い出しました。そこことさがしてみたのですが、どこにもみつからないのです。どうしたかしら？　わすれていたじぶんがくやしいやら、しかがかわいそうやらで、ねどこに入るとなみだがこぼれおちました。

×　　×

　しかはよろめきそうになった体を、立ちがれのひまわりにもたれさせて、

「気がついたらぼく、おちばにうもれていたんです」

と話をつづけました。うさぎはためいきをついて、

——まったくなんて、ふしあわせなやつだろう。なんとかなぐさめてやらなければ。——

でもしかは、かぼそい足をそろそろと前へ出しました。そのかおがあんまりうれしそうなので、うさぎはへんな気がしてだまってしまいました。

「ねえ、うさぎさん、ぼく今夜歩けるんですよ。ふしぎでしょ。まるでだれかが、そうっとぼくの体に入ってきたみたい」

「ふしぎなことはないさ」

と、うさぎはこたえました。

「つまりそれは、夜つゆにぬれて、きみの体がしっとりしてきたからなのさ。カサカサじゃ、だれだって歩けやしないよ」

「ああ、そういえばぼく、じつにカサカサでした」

しかはよろこんで、二つ三つ歩きました。

「うまい、うまい。そのちょうし！」

——まったく見られたもんじゃない。——

と、うさぎは心の中でつぶやきました。

「うさぎさん、今夜はどうしてこんなに明るいんですか」

「それはね、ほら、月が出ているからだよ」

しかはうっとりと月を見ました。じぶんの黄色いクレヨンの目が、キラキラ光ってくるような気がします。

「ああ、ぼく、今夜はなんてよく見えるんだろう。うさぎさんて、すばらしくきれいなんですねえ」

「いやもう、ふとりすぎちゃってまるでだめさ」

うさぎは気をよくしてわらいました。

——だがそれにしても、なんとみすぼらしいやつだ。なにしろ木のえだだからな。


——


うさぎは、クシュンとはなをならしました。

「ねえ、うさぎさん、この白いの何ですか」

「それは、きくの花さ」

「きくの花。いいにおいですねえ」

しかはじぶんのはなが、黒くぬれてくるような気がしてきました。

「ねえ、うさぎさん。ここにおちてるの何ですか」

「ああ、それはさざんかの花びらだよ」

「さざんか。つめたくて、いい気もちですよ」

しかは足のうらで、そっとそのやわらかさをたのしみました。

――チョッ！　いちいちかんしんするやつだ。だがまあ、考えてみれば何も知らなくてもしかたがない。なにしろ、やつは木のえだなんだから。――

うさぎはもう一つ、クシュンとはなをならしました。

「ねえ、うさぎさん。あの赤いみは何ですか」

「小さいのがにしき木のみ、大きいのがくちなしのみ」

うさぎは少しめんどうになって、早口にこたえます。

「そうですか。にしき木、にしき木、ウワッうまい！　うさぎさんもたべませんか。すごくおいしいですよ」

「いや、ぼくはいいんだよ。まい日、にんじんやキャベツをどっさりもらってるからね。それにリンゴやかきのかわときたら、そりゃあすてきにうまいんだ」

「そうですか。じゃあぼくいただきます」

しかはにしき木のみを、おいしそうにポリポリとたべました。

――あんなみがうまいなんて、きっとハラペコなんだろう。まったくふしあわせなやつだ。さてと、もうそろそろねるか。――

うさぎは、だんだんめんどうになってきました。

「ああ、ぼく、体に力がわいてきた。走れるかもしれない」

しかは思い切って、足をちぢめて、さっととびました。ふわりと体がちゅうにうきました。

「あぶない！　ひっくりかえるぞ！」

うさぎはかなあみにつかまって、びっこをひいてしかが走るのをのぞいてみました。

――ぶきっちょなしかだ。ぼくの走るのを見せてやりたいもんだ。――

うさぎは足がむずむずしましたが、なにしろせまいこやの中です。

「チョッ、あいつときたら、かけ足なんかにむちゅうになりやがって。まったくどうにもかわいそうなやつだ」

しかはつかれたのか、みじかい木のねもとにやっとすわりました。

「おや？　これはぼくのにおいだ。ぼくとおなじにおいだ」

ほそいえだの先には、春になると花になる赤いめがいくつもついています。そのにおいをむねいっぱいすうと、しかはあんしんしたように目をとじました。走ってきたからだに、月の光がひいやりと心地よかったのです。

「やれやれ、あんなはだかのねこやなぎの下でねむってしまったよ。まったくふしあわせなやつだなあ。ハッ、ハッ、ハクション！　おや、かぜをひいたかな」

うさぎはめがねをはずすと、ガサゴソとわらの上にもどっていきました。

市長さんと遠めがね

――わがサンキュウ市役所は、なかなかモダンなたてものだが、エレベーターをせつやくしたのは、しっぱいじゃった。――

市長さんは、ふとったからだをゆすってかいだんを上りながら、毎朝そう考えるのです。まったく市長室ときたら、一ばんてっぺんの五かいにあるのですから。大きないすにどっかりこしをおろすと、市長さんはやれやれと思うのです。そして、それから一ぷくすると、つくえのひきだしをあけて遠めがねをとり出し、きゅうにたのしそうなかおになり、ビロードのぬのでていねいにレンズをみがくのです。それから、「ほう、ほう」といいながら、それをのぞきはじめるのですが、つつのような細長いこの遠めがねが、市長さんは大すきでした。

この五かいのまどからは、すっかり町が見おろせます。春の光をうけて、鉄道のレールが、にぶい銀色に光っています。その中心が駅前広場で、そこには平和の女神のどうぞうが、かた手を高くさしあげて、人や車のなみを見おろしていました。せいぜんとしたひろい道路、三かしょにある歩道橋、公会堂のまるいやね、小学校のプールや体育館、それらは、どれも市長さんがたてたものです。いやいや、まだあります。町はずれに、もくもくと黒いけむりをはいているたてもの、あれはごみ焼却場です。きょねんできあがったばかりのこの焼却場は、なんとごみをやくねつをりようして、公共温泉をただみたいにわかしては、市の財政をゆたかにしているのです。

——なにしろわしは、平和な美しい町づくりに全力投球をしてきたからな——

市長さんが「オッホン」とせきばらいをしたとき、ふときみょうなぎょうれつが遠めがねにはいりました。

——おやおや、あれは何じゃろう？——
ひろい市役所通りの右側を、しゅくしゅくと、ねこが歩いてくるのです。おどろくほどたくさんのねこどもが二れつになって、ピンとしっぽをたて、赤いプラカードをその先にむすんで、すすんでくるのです。しかも、どうやらねこどもの行く先は、このサンキュウ市役所のほうのようです。きゅうに、おもてがさわがしくなりました。

「市長、たいへんです。ねこが……」

「ねこが、どうしたのかね？」

「ねこがプラカードをたてて、庁舎（ちょうしゃ）におしよせました。ただいま市長に、面会（めんかい）をようきゅうしております。どうぞ、うら口から車でおにげくださるよう」

「何じゃ、助役くん。たかがねこどものデモで、わしがにげるなんど。フワッフワッフワッ」

「それが市長、ただのねこではございません。なにしろ、のらねこのすごいやつで」

「ああそう、きみは大のねこぎらいだったね。よろしい。わしがあおう。第二会議室で、せいしゅくにまたせときなさい」

市長さんは、「オホン」とせきばらいをして、遠めがねをだいじそうにしまいました。

さて、会議室は、水をうったようにしずまりかえっていました。けれど市長さんは、一歩へやにはいったとたん、思わずぶるっとせすじに水をかけられたような気がしました。つくえ、いす、ゆか、どこもかしこもねこでいっぱい。そのねこどもがいっせいにピリッと耳をふるわせ、ニュッとしっぽをさかだてたのです。中には、「ううー」とひくい声でうめいたやつもいます。市長さんは、自分の耳まで三かくにとんがって、ピクピクするような気がしました。しかし、そんないくじないことを見ぬかれてはたいへんです。市長さんは、「オッホン」とせきばらいをします。

「ああ、せいしゅくに、せいしゅくに、オッホン。さて、しょくんとは、しょたいめんであるが、わたくしが当サンキュウ市の市長であります。不肖わたくし、市政にわがいのちをかけてより三十年、つねに市民の平和と幸福のために、また美しいかんきょうとえいせいてきな町づくりのために、日夜せんしんどりょくをかさねてきたしだいであります」

「それがいかん。ニャーゴ、ニャゴ」

「ぜったいはんたい。ニャーゴ、ニャゴ」

――何だかいつもと、かってがちがうわい――

市長さんは、モゾモゾとこしかけました。ぶちねこが手を上げました。

「おらはのらねこの代表として、市長さまにおねがいもうします　だ」

ねこたちは、パチパチはくしゅをします。ぶちねこはいきおいこんで、青い目をつりあげました。

「市長さまはきょねん、でっかいごみやきば作りなさったね」

「そうです。あれはわたくしの事業計画の中でも、けっさくですぞ」

「そんでもおらたち、おおきにめいわくでがす」

「な、な、何ですと」

「あれができたもんで、だいどころのごみをあつめにくる自動車がなくなっちまっただ」

「さよう、あのチリンチリンのごみ収集車は、まことにえいせいてきでありません。車いっぱいのやさいくずのにおい、まして夏など、くさったやさいの水をタラタラと道路にこぼしながら走って行く自動車は、まことにはなをつまむようです。それにこのやさいくずのツルツルすべること、いやまったく。ごみやさんが足をすべらして、さよう、左足を骨折して六ヵ月入院したきろくもあります。それにひきかえ昨今は、当市役所の指示にしたがいまして、各家庭では、ビニールぶくろに何でもかんでもごみをつめこんで、しっかり糸でしばります。ごみ収集車は時間をきめて、これらのふくろを一気につんで走ります。ごらんなさい、えいせいてきなごみ収集車。おききなさい、さわやかな朝の空気にひびく、ごみ収集車のオルゴールの音」

「そんでも人間は、ごみばこや、やさいくず入れのポリバケツをすててしまったでがす」

「しかり、もっとも近代的なサンキュウ市は、ごみばこ追放をおこなったのでありますす」

「はれ、まだわかんねえか。市長さま、おらたちは、あのポリバケツひっくりかえして、くらしてますだ。おらたちは、まともにゃあ、さかなのほねもしゃぶれねえ。みんながみんなあぶねえ思いして、ぬすっとねこになりさがんねばなんねえす」

ぶちねこはうつむきました。ねこたちは、シュンとなりました。

「うーむ」市長さんはうなりました。

「よろしい。しょくんの泥棒をいさぎよしとせぬ心がけは、ねこながらあっぱれである。ついては、しょくんもひとつ、はたらいてみてはどうかね。人間は、だれしもみんな、たべるためにいっしょうけんめいはたらいているのですぞ」

ねこたちは、ゴロゴロのどをならしました。

「はたらくって、おらたちどんなことするんだべ」

「のねずみは、のうやくで、たえちゃったしよ」

「ニャンともむずかしいこった」

「いやいや、しょくん。けっしてむずかしいことではありません。人間はつねにいそがしく、それ、ねこの手もかりたいほどなのであります」

「ニャールほど」

ねこは、うれしげにしっぽをふりました。

「わたくし、しょくんに、よいつとめ先をしょうかいしたいと思いますから、ざんじおまちください」

市長さんは、市長室にもどると、大いそぎで、でんわをかけました。

「もしもし、大学病院。わしはサンキュウ市長だが……。先日、新聞で見ましたが、おたくはねこがおいりようだそうですね。じっけん用、なるほど。どうです。

ひとつ千びきほど、ハハア、一ぴき百円で。いや、けっこう、けっこう。それではさっそくおおくりしますぞ」

市長さんは、ニコニコと会議室へもどりました。

「みなさあーん、ご安心なさい。きょうからしょくんのしょくりょうはかくほされます。しょくんはりっぱなてもので、かつおぶしやさかな、そのたのごちそうをたべながら、人間のためにはたらくことになるのであります」

「ニャーゴ、ニャーゴ」

ねこどもは、おどりあがってよろこびました。ねこあたまをなんどもさげ、おれいをいってゾロゾロ出て行きました。

「やれ、やれ」

市長さんは、ふたたび市長室にもどると、うれしそうに遠めがねをのぞきました。市役所のせんでんカーが、ぎゅうづめのねこたちをのせて、ひろい道路を走って行きます。

「おお、おお、一ぴき百円、千びきでなんと十万円」

市長さんは、笑いがとまりません。

――この思いがけぬ収益を何につかってやろうか――

なにしろこれは、完全に個人の収入ですから。

市長さんは、さっそうと立ち上がりました。まもなく市議会のはじまる時間です。ところでよく朝、市長さんがやっとかいだんを上っていすにすわると、つくえの上に白いふうとうがおいてありました。うらがえしてみると、小さな字で、ノラネコヨリと書いてあります。市長さんは、あわててふうを切りました。

シチョウサマ、オラタチ　キノウハ　スッカリクルマニヨッパラッテシマイ、シニソウデシタ。ヤット　ジドウシャガトマルト、ビョウインノナカカラ　イヤアナニオイガシテキテ、マタ、ムネガ　ムカムカシテ、ムチュウデ　ニゲダシテシマイマシタ。ホントニ　モウシワケアリマセン。
オラタチハ、ナツカシイ　サンキュウシヲデテ、モット　エイセイテキデナイマチヲサガスコトニシマシタ。サヨウナラ。　ノラネコヨリ

市長さんは「うっ」といったきり、空気のせんがぬけたように、ふとったからだをしぼませました。きのうおくさんに、ねこ目石のゆびわをかってやるやくそくをしたのを思い出したのです。ふうっとためいきを一つつくと、遠めがねをとり出し、つまらなそうにのぞきました。

すると、どうでしょう。下水道（げすいどう）の入口のところに、ねずみたちがポスターを、ベタベタはって、よろこんでいます。

——合理化（ごうりか）バンザイ、市長バンザイ——

ちょうのゆめ

しんちゃんののった電車(でんしゃ)が、今にもはっしゃしようとするときです。一ぴきの白いちょうが、ドアからひらりととびこんできました。電車の中はガラガラにすいて、せんぷうきがすずしげにまわっていました。ちょうはひらひらとまいながら、ときどきつりかわにとまったり、天じょうにさかさになってとまったりしています。しんちゃんは、びっくりしてながめていました。やがて、電車はえきにとまり、しんちゃんはふりかえりふりかえり、電車をおりました。

「ねえ、ママ、あのちょうちょどこまで行くの」

「そうね。たま川までかな?」

ママはわらっています。

「そうだね。きっとたま川だね」

そのときしんちゃんは、ようちえんに行くとちゅうのキャベツばたけを思い出しました。みどり色のキャベツのうずまきの上を、たくさんの白いちょうたちが、ぶつかりそうにとんでいました。しんちゃんは、まるい目をくるくるさせていいました。

「ちょうちょだってさ、キャベツばたけばっかりじゃあきちゃうよね」

×　　×

そのばん、しんちゃんはゆめを見ました。

風のかみさまみたいに大きなふくろをしょって、しんちゃんは山へ行ったんです。くもが目の前を、きりのようにながれて行きました。すると、きゅうにぱっと日があたって、山のちょう上は小さなピンク色の花が、いちめんにさいています。風にふかれてみじかい草のほうが、さざなみのようにゆれています。下のほうにはあい色

のみずうみが光っています。おもちゃみたいなゆうらんせんも見えます。
「うわあすてきだ。ここがいいや」
　しんちゃんはビニールのひもをほどいて、ふくろの口をあけました。すると小さいうずをまいて、白いちょうがあとからあとからふん水のようにあふれてきました。ちょうたちは、空よりもふかいあい色のみずうみにむかって、白いにじのようにとんで行きました。

　すると一ばんしまいに、てのひらほどもある大きな黒あげはが、しんちゃんのはなの先をとびはじめました。まっ黒なはねの下のほうに、きれいなオレンジとこん色が光っています。

「あれえ、きれいなちょうちょだなあ」

　しんちゃんは、思わず手を出しました。するとあげははその手にとまって、しずかにはねをたたみました。

「きみ、いつふくろにはいったの？」

「ぼく、ふくろにはいってなんかいませんよ。ふくろのうしろから出てきたんです」

「なあんだ、そうか。じゃあきみ、ぼくがつれてきた町のちょうちょじゃないや」

「へえ。あのちょうたち、町からきたんですか」

「うん、そうだよ。みんなたいくつしてたのさ。だからぼく、山へつれてきてやったんだ」

「それであんなにはりきっちゃったんだ。いいなあ。ぼくも町へ行きたいな」

「いいよ、つれてってあげるよ」

しんちゃんはおやゆびと人さしゆびで、ちょうちょのはねをぎゅっとつまみました。やわらかいくすぐったいようなかんじです。あげははは長いひげをふって、

「いたいな、しんちゃん。早くふくろへ入れてよ」

と、どうをひくひくさせます。しんちゃんはあわてて、ふくろの中にむかってはなしてやりました。あげはのこなが、しんちゃんのゆびに黒くついて光りました。

×　×

しんちゃんはそのゆめのことを、よくじつみっちゃんに話しました。

「ぼく、いっしょにいなかった?」

と、みっちゃんがききました。

「うん、いなかった。ぼくだけだよ」

しんちゃんは、よかったなあと思いました。みっちゃんときたら、ちょうでもせみでも、つかまえたらさいご、みんなちゅうしゃをしてしまうのです。それから足をちぎり、はねをちぎり、すっかりかいぼうしてしまうと、つまんなそうにすててしまうのです。それをまた、ありがせっせとじぶんのあなへひいて行きます。だから、ありはみっちゃんがすきかもしれないけれど、ちょうやせみはみっちゃんがきらいにきまっています。

「ちえっ、いっしょに行けばよかったなあ。そんしちゃったよ」

と、みっちゃんがくやしがりました。

「ねえしんちゃん、ほんとにあげはつれてきたんだろ」

「そうだよ」

「どこからさ」

「だから山だよ」

「山だけじゃわかんないよ。どこの山さ」

「うん、それは、そのう……あっ、そうだ。はこねだ！」

きゅうに思い出したのです。きょねんの夏休み、しんちゃんは、はこねにある、パパのかいしゃのりょうに行きました。山つづきのりょうのにわには、すぎの木立がうすぐらくそびえていました。そのすぎのねもとや、しめったみきには、かぞえきれないほどのせみのぬけがらがはりついていました。そして、あさぎりがながれて行くと、青い毛糸玉のようなあじさいや、くきがたわむほど、たくさんさいている山ゆりが、いくつもいくつもうかびあがり、その花のむれに、たくさんのあげはが、じっととまっているのでした。

しんちゃんがそっとちかづいても、あげはたちは、ちっともおどろかずゆりのみつをすっていました。だから、わけなく手でつかまるのです。そして、しんちゃんがはなしてやると、あげはは、おちついてまたゆうゆうと、とびはじめます。

あの黒あげはのはねのそこ光りしたオレンジ色を、しんちゃんはなんてきれいだろうと思って、一ぴきかごに入れてかえってきたのです。あじさいの小さい花を三りんと、さとう水をわたにふくませて、かごに入れておきました。でも、しんぱいで、電車の中でいつもあげはをのぞいていました。あげはは何もたべず、じっとうごきませんでした。

しんちゃんは家にかえってくると、夕方のにわにあげはをはなしてやりました。ゆらゆら、ゆらゆら、あげはははとんで、木のかげに見えなくなりました。

それっきり見たこともなく、しんちゃんはわすれてしまっていたのでした。

「ほんとだよ、みっちゃん。ぼく、はこねから、あげはつれてきたんだ。ゆめじゃないよ」

「そんなら、出してみろよ」

「ほんとだよ。ぜったいほんとなんだ」

「だから出してみろよ。早く出してみろよ」

みっちゃんが口をとんがらかして、つめよります。

そのとき、ふたりの前をちらと黒いかげがかすめました。

「あげはだ！」

しんちゃんがさけんだとき、みっちゃんは、もうりょう手をあげて走り出していました。

「だめだよう。とっちゃだめだよう。みっちゃあーん。みっちゃんたら——」

むちゅうでさけびながら、しんちゃんはみっちゃんのあとをおいかけていました。

やまがら

もう三十年もむかし、そのころ日本は、おとなりの中国と長い戦争をしていました。

のぶ子のおとうさんも兵隊さんになって、中国で戦っていたのです。町には出征兵士を送るバンザイの声がひびき、日本軍が中国の大きな町を占領するたびに、よろこびの歓声と軍歌につつまれたちょうちん行列が、うっそうと木のしげった芝公園の中を美しく通って行きました。

のぶ子の家は、そんな芝公園のすぐ近くにありました。夏の夜明けなど、弁天さまのはす池では、はすのつぼみのひらく音が、ポッポッと聞こえます。弁天さまのお堂にたくさんのろうそくがともって、おばあさんが、よくお百度をふんでいました。お百度というのは、おがみながらお堂の前の道を百ぺん行き来するのです。するとねがいごとがかなうのだと、おかあさんが教えてくれました。

「きっと、息子さんが戦争に行ってるのね」

と、おかあさんはちょっと下を向いて言いました。

　そのころの遊びは、いつも戦争ごっこでした。

「突撃！」とさけんで、芝公園の山の上を走ってのぼるのです。すると敵はバタバタとたおれ、そのたびにむねをおさえては、「天皇陛下バンザーイ！」とさけんで死にました。ジャンケンで負けたほうが敵で、敵はかならず死ななくてはなりません。だれも敵になるのはいやがるので、戦死する時だけは日本軍になったつもりで、「天皇陛下バンザイ」をさけんでもよいことにきまっているのです。

　でものぶ子は、戦争ごっこはきらいで、それよりチャンバラや忍者ごっこのほうがすきでした。というのは、チャンバラごっこの時は、いつもおひめさまにしてもらえるからでした。山の上には、五重塔やおたまやがあります。おたまやというのは、徳川の将軍さまの霊廟ですから、それは見事なものでした。さくらがぜいたくなほど花びらをちらす下で、おにいちゃんたちは刀をふりまわし、おひめさまの、のぶ子をまもってお堂の間を走りまわるのです。

増上寺の屋根は大きくそりかえってたくさんのはとがすみついていました。節分式には金色のあみださまの前で、赤や紫の衣のお坊さんたちが、豆やみかんをまいてくれました。

ある日のこと、学校から帰るとかばんを投げるようにおいたおにいちゃんといっしょに、のぶ子はお寺から山門にかけての坂道を走って行きました。そして人だかりの間から顔を出してみると、きのうと同じ黒い着物で黒いずきんをかぶった白いひげのおじいさんが、にこにこと立っていました。そのよこの白い布をしいた細長い台の上には、小さいお宮がまつってありました。てまえには竹の鳥かごがおかれ、二羽の小鳥がチッチッチッとさえずっています。見物の人が五銭玉をおくと、おじいさんはよくみがいたぼうの先で鳥かごをあけました。

「さあさあ、こんどはピーちゃんの番だよ」

　黒っぽいすずめの子のような小鳥は、チョンチョンと台の上を歩いていって、小さなお宮の前に止まると、すずをならしておじぎをし、とびらをあけてくちばしにおみくじをくわえると、またチョンチョンと帰ってきて、そのおみくじをおじいさんにわたしました。「ほう」という声がもれ、みんなはとてもやさしい顔になりました。

「はいはい、ごくろうさん」

　おじいさんは、まんぞくそうに鳥かごをあけてやりました。

「はい、ありがとうございます。さあ、やまがらのおみくじひきですよ。かわいいやまがらが、あなたの運勢をうらないます」

　のぶ子とおにいちゃんは、思わずためいきをつきました。

　やまがらをつれたおじいさんは、毎日来たわけではありません。一日でおしまいのこともあり、しばらくして三日もつづけて来る日もありました。けれどのぶ子とおにいちゃんは、毎日見に行きました。そして、夕方おじいさんが帰るころまで見ていました。せなかが青味がかっているやまがらが、のぶ子のすきなチーちゃんで、頭がちょっと赤黄色いのがおにいちゃんのお気に入りのピーちゃんでした。

あれは、納骨堂のまわりのすすきが光っている空の深い午後のことでした。おにいちゃんは五銭玉をしっかりにぎって、いつもの坂を走っておりました。おこづかいが、やっと五銭たまったのです。おにいちゃんは、ぱっと手を開いてさけびました。

「おじいさん、ピーちゃんにおみくじひかせて！」

その日は見物人がいないので、おじいさんはしずかにこしかけていました。

「はいよ。ごしめいにあずかりまして、ピーちゃんの登場でござあい」

おじいさんはわらいながら鳥かごをあけて、竹のぼうでピーちゃんを連れ出しました。のぶ子はむねがドキドキしました。おにいちゃんがゴクンとつばをのみこみます。

ピーちゃんはきどって、お宮に歩いていきます。それからいつものようにリリンとすずをならしてとびらを開き、小さい紙のおみくじをくわえると、チョンチョンと帰ってきました。のぶ子が思わず手を出すと、その中にひょいとおみくじを落として、ピーちゃんは首をかしげました。そのまるい目のかわいいことといったら！おにいちゃんは、思わずピーちゃんの背をなでました。やわらかな暖かな黒いつばさ。でもピーちゃんは、ぱっとおじいさんの手にとびうつりました。

「これこれ、神さまのお使いに、らんぼうをしてはいけないよ」

おじいさんは、ピーちゃんをそっと鳥かごに入れてしまいました。それは、あっというまの時間でしたが、こんなにすてきな時間を二人は知りませんでした。

「よかったね」「かわいいね」家に帰るまで、ずっと二人はそのことを話しつづけました。

のぶ子のおかあさんは、毎日朝から夜中まで、よその家の着物をぬってくらしていました。

「おかあちゃん、おみくじ」

のぶ子がさっそくうれしそうにわたすと、おにいちゃんもとくいげに言います。

「やまがらがひいたんだよ。すごくあたるんだ」

「どうら」

おかあさんはわらいながら、針仕事(はりしごと)の手を休めました。でも、それを読(よ)んでいるうちに、はっとするほどおかあさんの顔はくもってきました。

「どうしたの。おかあちゃん」

のぶ子が心配になって聞くと、

「なんでもないの。……おみくじなんて、あたったりはずれたりよ」

と言いました。

「うそだい、あたるんだい」

おにいちゃんがおこりました。すると、おかあさんはこわい顔をして、台所へ立っていってしまいました。のぶ子はおいかけていって、「おかあちゃん」とよぼうとしました。けれどもそのうしろすがたはぎゅっとひきしまって、かたくななかべのような感じでした。

すると、おかあさんは急にサクサクとはくさいを切りはじめましたが、そのかたが、なんだかふるえて見えました。のぶ子はドキンとすると、むちゅうでおにいちゃんのそばへとんでいき、

「おかあちゃん、泣いてるみたい」

とささやきました。でもおにいちゃんは、まゆにしわをよせて、じっとおみくじを見ていました。

「なんて書いてあんの」

「読めないよ。おとなの字だもん」

「やさしい字ないの」

「うるさいなあ」

おにいちゃんは、ふーっとためいきをつくと、

「まるで、じゅもんみたいだ」と、しょげこみました。

「悪いことが書いてあんのかなあ」

「ほんと？」

「うん、でもしょうがないさ。やまがらはうそつかないよ」

それはそうだと、のぶ子も思いました。でも、とてもいやな気がします。

「おにいちゃん、悪(わる)いことってどんなこと？」

「うん、一番悪いことは……」

おにいちゃんはちょっと考えてから、急に びっくりしたように言いました。

「おとうちゃんが戦死しちゃうことだ」

「やだ！　やだ！」

「ぼくだってやだ！」

二人はむちゅうでおみくじをやぶきました。

×　×　×　×

「おみくじ、あたっちゃったのね」

恵美子は、おかあさんの顔をのぞきました。おかあさんは、うなずきました。

そうです。あの時の、のぶ子がおかあさんなのです。

「でも、やまがらのせいじゃないわ。長い戦争だったんですもの。恵美ちゃんのおじいちゃんばかりか、ママのおにいちゃんもね、予科練の特攻隊に入って……」

おかあさんはわらって言いながら、そっと顔をふせました。

十七歳になったばかりの十二月、増上寺の英霊安置所の暗いたなの上から、おにいちゃんの遺骨をもらってきた時のことを思い出してしまったのです。

もう戦争は終わっていました。そして、ばくげきであれはてた芝公園を、こがしがかわいた音をたててふきぬけていました。のぶ子は、白い布につつまれた箱をだいて歩きました。そこには白木のいはいが、おにいちゃんの遺骨のかわりに入っています。それはゆれると、カタコトとむねの上で、さびしい音をたてました。あの時も、その白い布から、のぶ子は、小さい日に見たやまがらを思い出したものでした。

でも今、おかあさんになったのぶ子は、そのことは話しませんでした。そのかわり、わらいながらいうのでした。

「そりゃとってもかわいかったのよ。このごろはもう、あんなやまがら見られないわね」

「あら、ママ。そんなことないわ。きっとどこかで見られるわよ。ママが見たやま

がらの子どものその子どもの、その子どものやまがら……。だって神さまのお使い
ですもの。あたしも、いつかきっとあえると思うわ」
恵美子は楽しそうに目をかがやかせました。

きつねの子

二時間つづきの図工の時間だが、朝子の粘土はなかなか思うような形になってくれない。「人と動物の組み合わせを作れ」なんて、先生はずいぶんむずかしいことをおっしゃる。

「できあがった人は、紙に名前と説明を書きなさい」

うしろのほうで、また先生の声が聞こえた。となりの上田くんは、かめの背中に保安官をのせて、「うらしま太郎は、かぜをひいてねています。保安官ガンバレ！」なんて書いてすましている。朝子の粘土を横目でみて、

「ねこかあ」

とわらった。

「しつれいね。ねこに女の子がのれないでしょ」

「なんだ。犬か」

「バカ！」

朝子はふんぜんとして、長いしっぽをピンと、上へはねた。それから一気に書きとばした。

「ひょうにのった女の子、勇気ある女の子、かっこいい！」

するとなんだか体中に、ふっふっと勇気がたぎってくるような気がした。ぼうけんがしたいなあ、と朝子は思った。

学校の帰り、朝子はくみ子に相談してみた。

「くみちゃん、どっか遠くへあそびにいってみない」

「遠くってどこ？」

くみ子は、びっくりしたようにきいた。

「ぼうけんしに行こうよ。遠くにさ。そうだ。二枚橋がいいわ」

朝子はすっかりうれしくなってさけんだ。二枚橋へは、いつか社会科の見学で行ったことがある。一時間も歩いたような気がするけれど、ほんとうはもっと近いのか遠いのかよくわからない。けれどもそれは、まちがいなく町のいちばんはずれであった。一筋の野川が流れ、たんぼにはれんげや白つめくさがさきむれていたっけ。野川をこえれば松やくぬぎの林。おべんとうがすごくおいしかった。

「でもアッちゃん。二枚橋って、昔きつねが住んでたところなのよ。うちのおばあちゃんも、小さいときききつねのなく声を聞いたんだって」

「うわあすてき。きつねの子つかまえちゃおうよ」

朝子は大はしゃぎだ。くみ子は考える。きつねに化かされたおばあちゃんのおとうさんの話。ほんとかな。でも、それは昔のことだし。第一、アッちゃんにばかにされちゃうな。

「ねえ行こうよ、くみちゃん」

「うん、行こうか」
と、くみ子はいってしまった。ふたりはだれにもつげず、こっそり出かけることにきめた。

× ×

ひみつってすてきだ。空がまっさお。サラサラと楽しい風の音がする。羽がはえたような、歌いたくなるような、それでいて胸がきゅんとひきしまるような、ぼうけんてなんてすてきなんだろう。朝子とくみ子は人通りの少ない道を風のように走り、陸橋をこえ、知らない町なみをよぎる。交差点はゆっくり気をくばって、しんちょうにわたった。

家なみがつきて、畑にはうどの花が白いまりをつけている。ようやく変電所の鉄塔が見えてきた。

「来たね」

「うん、よかったね」

ふたりは手をつないで、はじめてゆっくりと坂をくだった。急にたんぼがひらけた。いねが黄色いほをたれている。その上にいっぱいに、すずめよけのあみがはってある。あぜ道は草ぼうぼうで、通れなくなっていた。なんだかがっかりしてしまう。それでも、黄色いちょうが二匹、もつれながら低くとんでいった。

「川のほうへ行ってみようよ」

「うん」

ふたりはたんぼから道へ上がる。野川にそって、すすきが銀色に光っている。

「あら、きれいな実」

と、くみ子がやぶのしげみをのぞいた。赤い五枚のがくの中に、空色の実が点々となっている。

「ほんと。ちっちゃなてるてる坊主みたい」

朝子がさっそく枝を折った。青い空の光に映えて、てるてる坊主はおどりはねているようだった。こおろぎが歌っている。野原一面に合唱している。だから木の実のてるてる坊主だって、おどりたくなるにきまっているのだ。なんていいところへ来たんだろう。まったくそれからは、いいことばかりだ。

　理科で習ったばかりの野草（のぐさ）が、そこにもここにも見つかった。はぎ、いぬたで、せんだん草、山ぶどう、のこんぎく、おなもみ、めなもみ。のはらあざみまで、あざやかな紫色（むらさきいろ）にさいている。くみ子がみどり色のおなもみの実をちぎって、「えいっ」と朝子にぶっつけた。「ようし！」と朝子もぶっつけかえした。まんがの毛虫のような、あいきょうのあるおなもみの実は、ペタンペタンとセーターにくっつく。まるで忍者（にんじゃ）のしゅりけんのようだ。ふたりはきゃっきゃと走りながら、いつか高架線（こうかせん）の下の短（みじか）いトンネルにはいっていた。

　ふたりのわらい声が、いやにかん高く反響（はんきょう）する。くみ子はふと、声をひそめていった。

「アッちゃん、あの小さい木の橋」

「うん、二枚橋ってかいてあるわ」

くみ子はきみわるそうに、あたりを見まわす。

「おばあちゃんのおとうさんがね。ここできつねに化(ば)かされたんだって」

「なによ、くみちゃん。きつねが人間を化かすはずないじゃない」

と朝子はいい返した。

「うん、あたしもそう思うんだけれど」

でも、おばあちゃんは、きつねの声を聞いたっていったっけ。夜中(よなか)に、コーンとまるでせきをするようなかん高い声が聞こえたかと思うと、もうはるかかなたでまた一声、コーンとないただけだった。きつねは走るのが、ものすごくはやいと思ったって。やっぱり、おばあちゃんがうそをつくはずはない。それに自分ひとりこわがっていると思われるのもしゃくだ。

「アッちゃんだってこわいと思うわよ」

とくみ子は話しはじめた。

――昔この辺(へん)は、大きなくぬぎ林だった。そこにはきつねが住んでいて、村人(むらびと)をだましたので、みんなはこわがって近よらなかった。

　そのころ、おばあちゃんのおばあさんは重い病気だった。それで、とてもなしを食べたがった。冬のなしは、山一つこえた大きな宿場まで行かなければ買うことができない。おとうさんは村ではまだめずらしい自転車にのって、夕方からなしを買いに出かけていった。帰り道はもうすっかり夜になって、こがらしが、びゅうびゅうとうなりをたてていた。おとうさんは衿巻でしっかりと頬かむりをして、ガス灯をつけた自転車を走らせていた。ちょうど二枚橋の坂にさしかかったとき、とつぜんうしろで、「ハハハ」と高い女のわらい声がした。びっくりしてふりむく。まっくらなやみをすかして見る。だれもいない。おとうさんはむちゅうで自転車のペダルをふんだ。その背にあびせるように、またわらい声が鋭くひびいた。それは山中にこだまして、なんともすさまじいわらいだった。おとうさんは汗びっしょりになって、いちもくさんに帰ってきたということだ。——

　くみ子が話し終わっても、朝子はだまったままだった。雲がかげって、ざわざわと風がなった。ポチャンポチャンと、野川が音をたてて流れている。帰り道はくぬぎ山のふちにそって上らなければならない。ふたりはいやな予感がした。

「アッちゃん、早く帰ろうよ。あたしこわくなっちゃった」

「ばかね、くみちゃん。あたしのあとをしっかりついてくるのよ」

朝子はおこったように、細い赤土の山道を上っていった。けれども急にほがらかに、

「くみちゃん、ガマズミの実よ」

とさけんだ。

「うわあ、きれい」

と、くみ子の声もはずんでくる。大きな葉の間から、真赤なつやつやの実がこぼれそうにたれている。くみ子は土にこぼれた赤い実をひろいあげ、おなもみの実にくっつけて胸にかざった。

「へへへ、ブローチよ」

とわらっている。朝子はガマズミの幹にとびついて、枝を折ろうとした。しかし小枝はいくらでもしなるのに、かたくてつよくてどうしても折れない。ざーっと風がふいて、ざわざわと木の葉がゆれた。

そのとき、朝子はうしろからかるくスカートをひっぱられた。くみ子だと思ってふりかえって、思わずぎょっとした。いつのまにか、小さな女の子が自分につかまっているのだ。

「どうしたの、あんた」

女の子は、ニッとわらった。

「くみちゃん、この子どっから来たの」

「知らない。いつ来たんだろう」

とくみ子もへんな顔をしている。

「あんた、どこから来たの？」

「ね、いってごらんなさい」

「ひとりで来たの？」

「なんて名前？」

「おうちどこ？」

「いい子ね。つれてってあげるからいってごらん」

かわるがわるいくらきいても、その子は声もなくニッととわらうだけだ。

「どうしよう」

「迷い子じゃないの」

女の子はふたりにおかまいなく、ふらふらと山道をおりていった。あんな小さい子をそのままおいてきぼりにして帰ってしまうなんて、そんなことできやしない。ふたりはしかたなくうしろからついていった。すると女の子は急にふりむいて、「キャーッ」と鋭いさけびをあげた。ふたりはどきっとして、手をにぎりあった。女の子は、またスタスタと歩いていく。気がつくとはだしだ。土だらけの赤いズボン。よごれた桃色のセーターに、いのこずちがびっしりついている。

「いやねえ。あの子人間じゃないみたい」

とくみ子がささやく。

「知能指数が低いんじゃない？」

と朝子がこたえる。

「交番があればいいのにね」

「交番なんかないわよ」

「パトロールがくればいいのにね」

「くるはずないでしょ。こんな野原に」

「いやだ、アッちゃんたら。どうすんのよ」

くみ子はなきべそをかきそうだった。

「おとなの人にあったらたのむのよ。ほかにしょうがないでしょ」

でもあうだろうか。それは朝子にだってわからないのだ。くみ子は女の子の目が、ほそくてつり上がっていると思った。もう四歳ぐらいのはずなのに、なんのことばもわかりそうにない。やっぱりきつねかもしれない。子ぎつねだったら、人間に化けられたとしても、ことばまではわからないにちがいない。

女の子はキョロキョロしながら、ときどきからだをへんにまげて、しげしげと草をみつめている。

「あ、そっちへ行っちゃだめ。川に落ちたらあぶないわよ」

と、朝子がさけぶ。「キャーッ」とさけんで、女の子がかけだした。

「くみちゃん、おいかけよう」

と朝子は走った。小さいくせに、チョコマカ逃げて、つかまらない。ふたりはなんとか川に近づけまいと追いかける。とうとう女の子が、しゃがみこんだ。そして「コーン、コーン」とせきをはじめた。

――あ、とうとうないたわ。やっぱりきつねの子なんだ。――

くみ子は胸がドキドキした。どうしても逃げ出さなくちゃ。

「アッちゃん!」

と、くみ子はさけんだ。

そのとき、二枚橋を渡って、自転車が走ってきた。――ああ、よかった。やっと人にあえて。――と思ってふたりが顔を見合わせたとき、おばさんが自転車からさっととびおりた。

「あっちゃん、こんなとこまで来ちゃったの。心配したのよ。でもよかった、よかった。あんたたち、あっちゃんとあそんでくれたのね」

朝子もくみ子もこっくりした。なんだか声が出なかった。

「ありがとうね。さ、あっちゃん帰りましょ」

おばさんは、あっちゃんをだいて自転車にのせた。「ああ、ああ」と低い声でうなりながら、あっちゃんはまたニタニタとわらっている。おばさんはつとかがんでなにかひろうと、「ほら」とふたりの手の中へ一つずつポトンと木の実を落とした。

「あ、どんぐり」

「くぬぎの実」

おばさんはゆっくりそういってから「さようなら」とにっこりした。それから自転車にのると、たちまちすすきの陰に見えなくなっていった。

コーン、コーン、とあっちゃんのせきが、ひとしきりひびいてきた。ふたりはふっとためいきをついた。

「あの子、あたしとおんなじ名前なのね」

と朝子はくびをすくめた。

「やっぱりきつねだわ。あたしが、アッちゃんてよんだの聞いたもんだから、かあさんぎつねがあわててそうよんだのよ」

そうかもしれない。と朝子も思った。アッちゃんはあたしだ。あんなアッちゃんがいてたまるもんか。そういえば、たちまち見えなくなった自転車のうしろに、すすきのような銀色(ぎんいろ)のしっぽが見えたような気がしてくる。朝子だってこわかったのだ。せいいっぱいのやせがまんだった。

「でも、きつねのおかあさん、よろこんでたね」

と、くみ子がはじめてほほえんだ。

「そうよ、迷い子の子ぎつねが、見つかったんだもん」

「やっぱり、いてあげてよかったね」

ふたりはきつねのくれた大きなくぬぎの実を、宝物(たからもの)のようににぎりしめた。すると、さっきまであんなにきみわるかったきつねの子が、今はなんだかなつかしいような気がしてくるのだった。

いつのまにか広がったいわし雲を夕日がそめて、野原はいちめんに金色の光がただよいはじめている。

朝子はふと、セパードのようなきつねの母子が、さっそうとすすきの中をかけめぐっているように思った。

「帰ろう!」

朝子とくみ子は、いっさんに走りだした。

笛（ふえ）

むかしむかし、さびしげな山のふもとの一軒家（いっけんや）に、ひとりのじいさまが住んでござった。

じいさまの家のまわりには、深（ふか）い竹の林があってのう、一日中さやさやさやさやさやと、すずしげなはおとをならしておった。

じいさまは竹がだいすきじゃて、いつのころからか、かごを作ってくらすようになった。じいさまに切られた青竹は、一本一本小刀（こがたな）でさかれる。それでも竹はうれしそうにざわざわと波うって切られ、ピシッピシッとあまれて、たちまち美（うつく）しいかごになった。

じいさまはそれをしょって里へ売りに行った。

×　　×

さて、ある日のことじゃ。じいさまがかごを売り終わると、もう日は山の端に入りかけている。いそいでかえろうと、夕ぐれの光がたゆとう田んぼのあぜ道をつっきった。あぜ道にはあちこちに、ひがん花がもえるような赤い花びらをゆらゆらさせておった。

「はあて」

じいさまは、いぶかしげに目をこすった。青い稲のほとひがん花の中に、何やらふんわりと白いものが見えるでな。じいさまは遠目じゃから、それがどうやら白い衣とすぐにわかった。

「もうし、もうし、どこぞへ行きなさるぞーい」

じいさまは、大声でよびとめた。ふわりとふりかえったわかい女に、じいさまはたまげた。ついぞみかけぬ、なんと美しい旅のお人じゃ。

「のうのう、そこのお人。そっちへ行けば山ふところじゃて、里の街道ならこっちへおもどりなされ」

じいさまは、ていねいにおしえてあげた。すると女は首をふって、

「ちょっとしさいがございまして、お人をたずねてまいりましたが、道にまよい、なんじゅういたしております」

「そうかな、それはお気のどくに。よかったら今夜はわしのところにおとまりなされ」

どこのどなたさまやら、ろうたけたすがたの美しさ。それにすきとおった声なんど、まことに笛の音をきく心地がする。じいさまはもうむちゅうで、頭さげさげごあんないもうした。ふしぎなことに、たおやかな客人の足は早かった。

× ×

じいさまがまずしい家にあかりをともしている間、客人は竹の林にじっと見入っておった。

月の光がこぼれてときどき竹はつめたく光った。

「さあお上がりなされ。山家のことじゃて何もないが、かゆなどたいてしんぜましょう」

じいさまは、いろりでかゆをたいた。いそいそとたのしげであった。

「暑いというてもここは山、夜風はひいやりと心地ようございましょう」

などと心から話しかける。客人は何やらもの思いにふけっていたようすで、ふいにいった。

「あの竹で笛を作ったらさぞ美しい音がいたしましょう」

「それはもう」

いいかけて、じいさまは赤うなった。わしの笛は、笛ではない。これはうぐいすの竹笛じゃ。けれどもじいさまは、たまらずそれを吹いてみたくなった。それで、ふところのふくろから小さな竹笛をとり出すと、こんなふうに口にあてて吹いたもんじゃ。

ホー　ホー　ケキョ　ケキョ　ホーホケキョ
客人の黒い目がキラリと光った。そうして世にもうれしげに細い声でわろうた。
「おお、気に入りましたかいの。お前さまも吹いてごらんなされ」
じいさまが笛をわたすと、客人はうれしそうに吹きはじめた。
ホー　ホケキョ　ホー　ホケキョ
ケキョケキョケキョ　ホーホケキョ
なんといい音色じゃ。こりゃまことのうぐいすがないているようじゃ。じいさまはうっとりとその笛を聞いているうち、なんだか胸がせつのうなってきた。そうしてつい、おろおろと泣き出してしまったのじゃ。
「どうなされましたか」
客人はやさしく聞いた。そこでじいさまは、なみだふきふきもうしあげた。
「はい。わしはな。何年か前、あの竹林にまよいこんだうぐいすの子をそだてましたのじゃ」

じいさまときたら、それはもうだいじに飼うたのじゃ。毎日あたりばちで、えをすって食べさせてな。青菜もきざんでやったし、つめたい清水をくんでのませもした。うぐいすの子は首をかしげ、それでもよくまあ食べおった。ほどなくふたりは仲ようなって、うぐいすは何でも話しかけるようになった。

「ほう、そうか。谷川の音は、そういうて流れおったか」

じいさまは目を細めて、耳をすませた。

「すんなり尾羽がのびて、美しいうぐいすにそだちましたがな」

じいさまは小さい丸い目を思い出して、いとしくてたまらなげであった。しかし、あんなにいとしんだうぐいすが、まあどうしたわけか、ある朝、ころりと死んでしもうたのじゃ。小さな胸のぬくもりが消えると、じいさまは泣く泣く白い布に包んで庭にさいている萩の下へうめてやった。

「それからというもの、わしはさびしゅうて、何としてもおちつきませぬ。そこでとうとう、そのようなうぐいすの声をまねた竹笛を作りましたのじゃ」

じいさまはそういって、また泣いた。客人も袖の先で、そっと目をおさえている。やがてさびしげに、うたうような声でいった。

「わたくしにも、かわいい子どもがございました」

「というと、あの……」

「遊びにむちゅうになって、道にまようたのでございましょうか。ある日、とつぜん帰らなくなってしまいました。湖にでも落ちて死んでしまったのか、それとも人買いにさらわれでもしたか、あれこれ思いなやめば、なみだのかわく日とてございません。とうとう一目あいたさに、こうして後を追うて、たずね歩いておりました」

「それはおいたわしい」

このわかく清げなお人も、母さまであったかいな。じいさまはつんと鼻をすすって、にえこぼれたかゆのふたをとった。ゆげがふんわりじいさまのひげをぬらした。

「でもただいまのお話をうかがって、わたくしはうれしゅうございました。たとえ悪い星の下に生まれても、あの子もきっと、あなたさまのようなやさしいお方にすくわれてすごしたにちがいありません」

　客人は縁をおりたって、ほつほつさきはじめた萩の下まで歩いていった。そうしてしばらくうなだれていたが、ふとふりかえってじいさまにいった。

「笛を吹いてくださいませ。このうぐいすのたましいにわたくしもたむけの舞をまいましょう」

　あまりのありがたさに、じいさまは言葉が出なかった。鼻をすすって大きくこっくりすると、さていっしんに竹笛を吹きはじめた。

　すると、どうじゃ。笛はひとりでに、じょうじょうとなりだしたのじゃ。白い袖がひらひらとまい、美しい人の長い髪が、しずかにゆれた。

　じいさまは、ただもううっとりと笛の音に聞きほれ、舞に見ほれた。これはなんという曲であろう。この心にしみとおる曲は。そうじゃ、秋の山にそういない。この山のずっとおくの、神寂びた秋の山。あれは山をわたる風の音。せせらぎのひびき。なだれるようなすすきに夕日が消える。湧くような虫の声。降るような月の光……おや、うぐいすがいる。まう人の白絹のかたに止まって、ぱっちり目をみひらいて、うぐいすがうたっている。

じいさまは、思わずひざをのり出した。笛はおもしろおかしく、美しい人はかろやかにまった。その舞はだんだん早くなり、じいさまのそばに近より――ふと消えた。

そのときじいさまは、つと竹笛に白い影がはいったような気がした。

笛はしずかにまだ続いた。じいさまは、いつまでも笛を吹き続けた。

さあて、いつのまに眠うなったのか、じいさまはしらしら明けの日の光で、目をさました。するとゆうべの客人のすがたが見えない。じいさまは、うずまく霧をすかして、あちこちさがし歩いたがむだじゃった。

「さても、早くから旅立たれたか」

とじいさまが目を落とすと、しとどにぬれた萩の下のうぐいすの墓に、見なれぬ竹笛が落ちておった。拾うてみれば、じいさまの竹笛の穴の上に、うぐいすのすがたをくっつけた、それはかわいげな笛であった。じいさまは、はっと思った。それからおしいただくようにして、そっとならしてみた。

ホー　ホー　ケキョ　ケキョ　ケキョ

笛はするどく、霧をさいた。

×　×

むかし、むかし、さびしげな山のふもとの一軒家に、ひとりのじいさまが住んでござった。じいさまは竹が大すきじゃて、かわいげなうぐいすの竹笛を作っては、里のわらべにそれをあたえた。

わらべはよろこんで笛を吹き、うぐいすの音は、里中にあふれたそうな。稲のほのざわめく里に、うぐいすの音はいつもあふれておったそうな。

地獄(じごく)

あなたは地獄(じごく)をしっていますか?

わるいことをした人間が、死(し)んでから行くところです。

わたしが幼いころすんでいた家のそばに、えんま堂(どう)がありました。それは小高(こだ)い山もある公園のはしの、暗(くら)いかしの木のしげみの中にありました。

そして、ふだんはこうし戸がかたくしまっていました。もっとも、そのこうし戸のまんなかに一かしょ、おすと板がひっくりかえってのぞくことのできる穴(あな)がありました。望遠鏡(ぼうえんきょう)でものぞくように、わたしはおっかなびっくり中をのぞいたことがあります。

するとまっくらなお堂の中に、かっと目を見開いた世にもおそろしい赤い顔がとびこんできました。わたしは肝をつぶして、二度とのぞこうとは思いませんでした。それが、えんまだったのです。一月と七月の、十五、十六日、えんま堂は開かれました。地獄のかまのあく日といって、えんま堂ではジャンジャン鐘がなり、明るい電灯の中でえんま大王は、その精悍な姿をあらわしました。まず、黒い法衣を着たその姿の大きなこと、すわっているのにお堂いっぱいの高さです。そして冠をかぶった赤いおそろしい顔は、とても赤鬼ごときはくらべものになりません。

えんまさまの左右には、高坏にのった青白い、人間の首がのっています。人間は死ぬと、みんなこのえんまの前にひき出されて、極楽行きか地獄行きか決められるのだそうです。いわば、えんま大王は、たましいの裁判官でした。ですから、おそろしい中にも、どことなく正しく強い顔です。じつに堂々としていて、かわいそうだから、ちょっとおまけしてやろうなんてぜったい言わない顔です。

さて、えんまさまの縁日には、たくさんの露店があつまってきました。やきそばや綿菓子のにおいの中に、テントをはったサーカスや、蛇使いやいかがわしい片輪娘などがありました。その中の一つの地獄絵を、わたしはつくづくながめたことがあります。

血の池地獄で泣きわめいている人たち。おなかをすかしながら、何か食べようとすればたちまち火になってしまう、そんな業火においつめられた人たち。鉄棒を持った鬼どもに、針の山においあげられている人たち。男も女も老人も子どもも、いちようにやせこけて、はだかで泣きわめいている凄い顔を、わたしは胸がいたくなるような気持ちで見つめていました。

「うそだよ。地獄なんてないよ。お話なんだよ」

あなたはそう思うでしょう。わたしもだんだん大きくなるにつれて、地獄のことは気にならなくなりました。そうして、いつとはなしにわすれてしまいました。

× ×

それから、三十年以上もたったでしょうか。

ある年の夏、わたしは大手術をしました。そして、さわさわと動く人の気配に、ふと気がつきました。次の瞬間、わたしは「あっ」と声をのみました。紫色にむくんだごろんぼうの手が、血の気を失ってわたしのよこにほうり出されてありました。それが手であって、しかも自分のものだとわかると、ほんとうにいやな気がしました。体中がしばられているように重い。そのはずです。わたしの両腕は、輸血されたり点滴注射をされたりしていました。そうして両方のはなにも管が入って一つは肺に酸素をおくり、一つは吐かないためにすすのように胃の汚物を出すしかけになっていました。それに切ったばかりのおなかは動かせず、下には導尿の管も入っていました。

　つまりわたしは、体中針やら管やらセロテープにくっつかれて、身動き一つできるじょうたいではなかったのです。

「ああ、気がつきましたか。大手術だったんですよ。でもだいじょうぶ、もう終わったんですからね。もうご心配はいりません」

院長先生の大きな声が聞こえました。わたしは、返事のかわりに微笑でこたえようとしました。

「まだはっきりしないのですよ。麻酔が切れるまでは、もうろうとした意識ですからね。二、三日はこんなじょうたいです。でもご心配はいりません」

院長先生は、家族たちにそういうと、

「おだいじに」

といって、看護婦たちと出ていきました。

わたしの家族のほかに伯母もいました。みんなひそひそと話していました。

「一時に手術がはじまって、六時すぎても終わらない。救急車が血液をはこんできたり、お医者さんが二、三人出たり入ったり、看護婦さんに聞いても見通しはつかないというし、それはもう、いてもたってもいられないような長い時間だった」

と、母がしきりに話していました。

「もう、だいじょうぶだろう」

と、主人がいいました。

「どうもおせわになりました」

わたしはみんなに、かすかな声でいいました。

× ×

それからは、わたしはたしかになんでもしっていたのです。夜中に院長先生が二度も見にきたことも、看護婦さんが酸素(さんそ)をかえに来たことも、ひとばんじゅう心配(しんぱい)そうに母が見つめていたことも。

にもかかわらず、わたしはとつぜん、あの地獄をさまよいはじめました。

それはほんとに、こつぜんとして目の前に現れたのです。

はじめわたしは、何気(なにげ)なく目を上げて、夜を仕切(しき)った赤いカーテンを見ました。その時、ふいにまるで稲妻(いなづま)につらぬかれたようなおそろしさをかんじました。次の瞬間(しゅんかん)、その窓(まど)一面に血がしたたりはじめたのです。

わたしはあまりにおそろしいので、カーテンから、あわいふじ色のかべに目をうつしました。すると、グッグッグッグッというかすかな音が聞こえました。と、かべはとつぜんぐにゃぐにゃぐにゃした赤い臓物でいっぱいになりました。わたしはその中を、トランプのジョーカーほどの小鬼が二匹、ピョンピョンとびまわっていることに気がつきました。彼らはシャベルを持って、つっついて歩いているのです。グッグッグッ。

「まったく近ごろの人間の臓物ときたら、いやにかたくて、何日かかってもにえやしねえ」

「おい、そっちの肝臓をひっくりかえせ」

「ほーい、ほい。こっちの腸はどうするね」

「かたちをくずさないように気をつけな」

そんな声が聞こえてきます。わたしはその時、壁全体がじつは大なべであったことに、今はじめて気づきました。そうしてわたしの切りとられた内臓も、あのなべの中でにられているのだとわかりました。なまぐさいにおいが、はきけをともなってもうもうとたちこめます。

「もう一生、肉なんか食べない」

わたしは何度もそうちかいました。こんなおそろしいものを平気で食べていたなんてと思うと、なみだが出そうになりました。

それから毎晩毎晩、わたしはこの大なべにくるしめられました。おそろしくておそろしくて、眠ることができないのです。もちろん熱や体の痛み傷の痛み、ふき出る汗、たんがつまるくるしさなどがおしよせて、夜がくるとわたしはもう死んだほうがましだと思うようになりました。

「ああ、神さま。わたしはわるい人間です。一生の間に、いろんなわるいことをしてきました。気がついたりつかなかったりしながら、数限りなくわるいことをしてきました。ごめんなさい。どうか助けてください」

わたしはしかられた子どものように、泣きながらさけんでいました。

× ×

ある晩(ばん)のことです。わたしはあいかわらずうなされながらも、ふとドアの上の回転窓(かいてんまど)のガラスになんだか影(かげ)がうつっているのに気がつきました。ろうかの光のかげんではっきりしないのですが、よく見るとそれは影のような、でもたしかに白いうさぎでした。うさぎは首(くび)をかしげて、のぞきこむようにこっちを見ているのでした。そのやさしい顔が、わずかにわたしのくるしみをやわらげてくれました。わたしは目を高く上げ、おそろしい他の世界はどこも見まいとしました。体中のくるしみだけに、せめてたえようと思いました。

次の晩も、次の晩も、うさぎはきました。でもいつものぞきこむようにわたしを見ているだけで、何も話しかけようとはしませんでした。

そうしてちょうど三日目の夜、わたしは「おや」と思いました。うさぎだけではなく、今夜はとなりに犬がいるのです。耳をたれたふつうの雑犬(ざっけん)です。どこかで見たような気がしましたが、でもこんな犬はどこにでもころがっていますもの。二匹はたがいに向きあうようにして、顔だけはわたしをのぞいていました。もっとも体は見えません。高い回転窓のガラスに、影のようにうさぎと犬の顔だけがうつっているのです。

でも、わたしはなんだかとてもうれしい気がしました。つきそいの母に、何度言おうと思ったかしれません。でも、もし誰かに話したら、あれはたちまち消えてしまうかもしれない。そんなはかない気がしました。かわいいガラスの動物をわってしまったようなかなしみを、わたしはけっして、味わいたくはありませんでした。あいかわらず、うさぎも犬もとうとう一晩中だまっていました。けれどもわたしは明日の夜も、あの二匹はきっと来てくれるにちがいないと思いました。

ところが次の日、わたしは高い熱を出してしまいました。もう何日も食べられないので、わたしの神経は針のようにとがっていました。またあのいやな眠れない夜が来ました。そのうちふと、すーっと体が地の底にさがっていくような気がしてわたしは意識をうしなってしまいました。

秋です。すすきが一面にしげって、月の光がすごいほど明るく、小さな秋草の花をてらしていました。昔ふうの大きな屋敷がありました。けれども見る影もなくあれていて、ともしび一つ見えません。ここはその家の庭なのか、それとも野原なのかさえ、わかりかねました。わたしは白地のうつくしい着物を着ていました。わたしの前を行く人も長い髪をたらして、白いうつくしい着物を着ていました。水色のもように銀糸の入ったさびしい色が、月の光によくにあいました。その人は、かるがるとすすんでいきます。わたしも、ふわふわとついていきました。こんな草むらで、なぜ虫がなかないのだろう。それにしても、まるで平安朝のおひめさまのようなかっこうで、うつくしいすそを露にぬらし、音もたてずにいったいどこへ行こうというのだろう。そんなことを考えていた時です。つと、前の人がふりむいたのです。

「あっ、鬼！」

わたしは思わずいきをつめました。ろうのような白い顔につり上った二つの目は、うらみをこめた青いほのおがもえたっていました。黒髪をわけた象牙のような角。

耳までさけたうす黒い口。

あれが、あのすさまじい顔が鬼なのか。わたしは声も出ません。ただむちゅうでにげようともがきました。するといつのまにか、白いうつくしい衣裳を着た鬼が、ここにもそこにもういていました。ふわふわと、わたしをめがけてただよっているのでした。

「鬼だよう、おかあさん。鬼につれてかれちゃうよう！」

わたしは目をみひらいて、ありったけの声をしぼりました。

「しっかりおし。鬼なんていないのよ。おかあさんが、こうやって寝ずについているんだからだいじょうぶ、安心しておいで」

母は幼い子をあやすようにわたしの手をにぎって、なみだをふくんだような声で言いました。

いいえ、いいえ、わからない。母にだってわからない。病室だとしりながら、母のすがたの後ろにも前にも、こんなに幽鬼がただよっているのが、そしてわたし

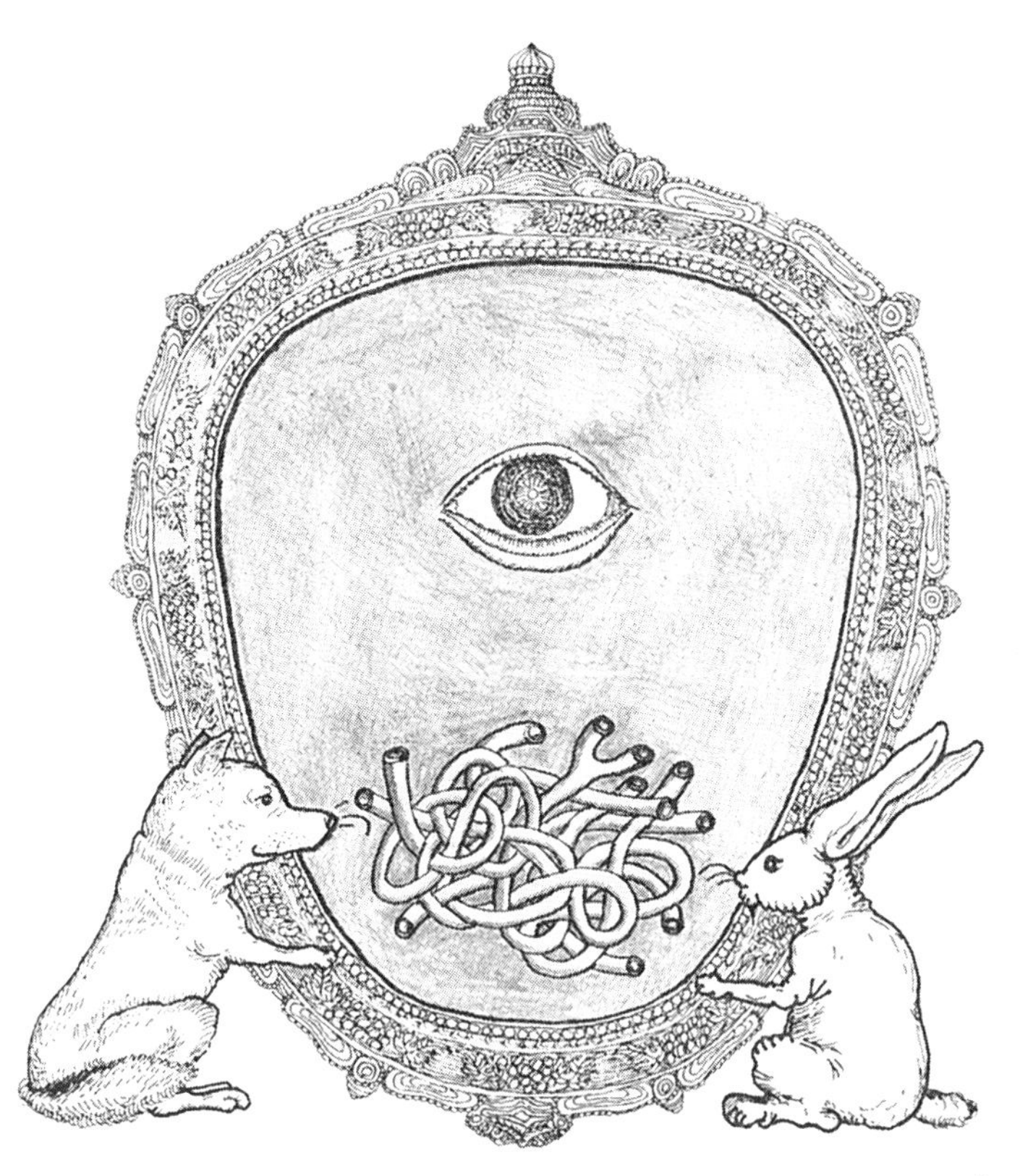

じしんも鬼になってしまったのが、もうだれにもわからないのです。

世界には、目に見えるものと見えないものと、二つの世界があるのです。そして今、その二重の世界に、わたしはまよいこんでしまったのでした。わたしはふるえながら、いたいほど母の手をにぎってもだえました。ベッドの中のわたしの背や胸は、びっしょりとつめたい汗が流れ、すすき野のわたしの白い衣裳には、しとどに夜露がちりました。もうけっして、どこにもにげることはできないでしょう。わたしは自分が地獄に堕ちたことをはっきりとしりました。

そして絶望と苦痛で放心したように目をあげた時、そうです、あの回転窓があったのです。今夜もうさぎと犬が首をかしげて、心配そうにじっとわたしを見ていたのです。さっと雲がはれたように、わたしは今はっきりとわかりました。あのガラス一枚が空より遠いことを。けっしてわたしの手のとどくことのない、声さえも聞くことのできない遠い世界であることを。

だってあのうさぎは、昔わたしのかっていたうさぎだったのです。

「これ以上ぜったい大きくならないうさぎ」

と言われて、露店で買ったそのうさぎは、あざみやにんじんをもくもくとせわしげに食べ、おかしいほどまるまるとふとって大きくなりました。

「うそつきうさぎ、インチキうさぎ」

などとからかわれながら、庭の芝生をうれしそうにかけまわり、つかまえるのにたいへんだったうさぎ。あんなにすばしこかったのに、ある日、野犬におそわれて、首を持っていかれてしまいました。それからあの犬も、やっぱり大食いで、おくびょうで、芸なしで、一生バカといわれながら、病気になると、さわらの植込みにそっとかくれて死んだ家族のような犬でした。

わたしの目からなみだが出ました。とめどなく後から後から流れてくるのでした。

こうして夜明け近く、わたしは久しぶりに深い眠りに入りました。

×　　×

その夜かぎり、うさぎにも犬にもあいませんでした。そして、あんなにもおそろしかったわたしの地獄も消えました。

でも、わたしは一生わすれることはありますまい。生きている世界のうらがわにある、あの幻灯のような地獄絵を——。

チエちゃんとお月さま

こおろぎがないています。すずむしがないています。白いおしろい花がほんのりうかぶにわから、お月さまがそっとまどをのぞいていました。お月さまは、このうちのチエちゃんがだいすきでした。チエちゃんは二年生、夏休みにお月さまのかんさつをした子です。

はじめ、お月さまはなんのきなしにチエちゃんのまどをのぞいたのです。するとつくえのまえで、おかっぱの女の子が、いっしょうけんめい何かをかいていました。時々えんぴつをとめては、くりっとした目をあげて、お月さまをみつめます。

「はて、何をかいているのかな」

お月さまはすーっと近よっていき、ノートをよみはじめました。

七月二十一日　はれ

わたしはきのうのよる、おふろからでてそらを見ると、まん月がでていました。くらいそらに、三十センチぐらいのまるい月がぽっかりういていました。わたしは、「きれいだなあ」と大声でいいました。おばあちゃんとママが「ほんとにきれいね」といってにわにでてきました。わたしは「東のそらにでているよ」といいました。それから、りかの本をおもいだして「みか月は西のそらにでるよ」といいました。ママは「へえ、しらなかったわ」とびっくりしていました。おばあちゃんが「よくしってるね」とかんしんしました。わたしはとてもうれしかったです。そして、夏休みには、まい日まい日月をかんさつして、月がどっちのそらにでてくるか、どんなかたちででてくるかしらべようとおもいました。

お月さまはびっくりしました。これはたいへんだと思いました。

次の日、お月さまは大いそぎで空に上っていきました。けれども、チエちゃんはこうかきました。

いつまでたっても月がでません。とうとう八じになりました。すると、やねの上に、まるい大きいオレンジ色の月が、ぽっかりでました。くもは一つもありません。わたしは、月はまいばんおなじじかんにでるのかとおもっていましたが、だんだんおそくでることがわかりました。それから月はき色ですが、オレンジ色のときもあります。小さいとき、おばあちゃんが「たぬきがばけたお月さまだよ」とおしえてくれました。

お月さまはびっくりしました。

「ちがう、ちがう、ほんとのわたしだ。なにしろお日さまがあついもんでねえ」

お月さまはいっしょうけんめいかがやきました。チエちゃんが九時にねるとき、もう一どお月さまを見ると、もうふつうの黄色でした。かがみのように光っていました。

七月二十三日　くもり

ママが、しんぶんのこよみをきってくれました。月の出ごご八じ二十二分とかいてありました。それで八じ二十二分にそらを見ると、まだ月はでていません。しんぶんはうそつきだとおもいました。するとおばあちゃんが、「海からお月さまがでるのよ」とおしえてくれました。わたしは、やねから見えるのは、じかんがかかるなとおもいました。八じ五十分に月が見えました。上の方がかけているのでびっくりしました。だんだんかけて見えなくなってしまいました。またたんだんでてきて、まるくなってきました。くもがいったりきたりしているのでした。

お月さまは子じかのように光るチエちゃんの目を、ほんとにかわいいと思いました。

でも次の晩、チエちゃんはねむっていました。

「やっぱり三日ぼうずだなあ」

お月さまがそう思ってまどからのぞくと、つくえの上にノートがひらいてありました。

「だんだん月がおそくでるので、わたしはおきていられないのでこまりました。お月さまとあえないでさびしいなあ」

お月さまはちょっとはなをつまらせて、チエちゃんのねがおをてらしつづけました。

それから、雨がふったりくもったりする日がつづきました。お月さまもチエちゃんもがっかりしました。でもチエちゃんは、あるとき朝のお月さまを見つけました。西の空に白いうすい雲のようなお月さまが、京子ちゃんのうちの二かいのま上にでていました。チエちゃんはにっこりしました。お月さまもほそくなったほほをにっこりさせて、

「さようなら」

と、手をふってきえてゆきました。

そうです。こんなこともありました。それはお月さまが、十日もチエちゃんとあっていなかったときのことです。それで、夕がた西の空にほっそりとでるじぶんを、チエちゃんは見つけることができるかとしんぱいでした。

八月八日　はれ

おばあちゃんが、びょうきでにゅういんしました。夕方ママがもどって来て、またすぐびょういんにかえりました。わたしは、となりのたけしくんのうちの

ところまでおくっていきました。そのとき、西のそらに、ほそいふねのような月がでていました。「わあ、みか月さま」と、わたしとママは、いっしょに大声でいいました。長いことでないのに、あんなにきれいでうれしかった。みか月は、西のそらにやっぱりでるんだなあ。

お月さまは、パパがかえるまで一人でるすばんしているチエちゃんを、この金色のふねの中にのせてあげたいと思いました。

それから毎晩、お月さまはチエちゃんにほほえみかけました。

八月十二日　はれ

わたしが六じ三十分にそらを見ると、バナナのような月が、アパートのやねのとなりにでていました。

チエちゃんは画用紙に、月がでた空のばしょをかいています。まず大きく十をかきました。おもしろそうだなあと、お月さまはのぞきこみました。チエちゃんのえんぴつがうごくと、色々な字がとんでいきます。「北」は十の上のさきっぽにおっこちそうにのっかって、こころぼそげにくびをかしげました。「南」は十の下にもそうにつるさがってはずかしそうです。「東」は十の右にいばってひげをはやし、左のさきっぽには「西」が「東」をムーッとにらんでいました。思わずふきだしそうになったお月さまは、はっときんちょうしました。

「このへんね。お月さまずいぶん南へよってきたのね」

チエちゃんがそういいながら、西と南のあいだにお月さまをかいたからです。黄色の色えんぴつでていねいにぬりました。

「雲さん、雲さん、ちょっとすいませんが、わたしの下をとおってくださいませんか」

と、お月さまはひとひらの雲にむかってたのみました。

「おやすいことです」

雲はいそいでやって来ました。

「あ、バナナのお月さま、おさらにのってる」

チエちゃんはうれしそうにさけびました。

お月さまは、チエちゃんに見つけられるのが、たのしくてたまりません。毎晩少しずつ少しずつ東へよって、ふっくりとふくらんでゆきました。こうして夏休みがおわるころ、チエちゃんのかんさつノートができあがりました。さいごにこうかいてありました。

一、まん月は東からでます。はん月は南のそらにでます。みか月は西のそらにでます。

二、月のでるじかんは、まい日おなじではありません。だんだんおそくなって、あさになって、ひるまになって、よるになります。

三、月は東からでて西にきえます。
四、まん月は右がわがだんだんかけて、みか月になります。みか月は左がわがだんだんふえてまん月になります。それで一月に一どまん月になります。
五、月の中には、黒いかおみたいなかげがあります。
六、月の色はき色です。でもあさは白になります。まるい月で、でたばかりのときは、オレンジ色のときもあります。
七、わたしは一月、月のかんさつをしましたが、ずいぶんくものおおいよるがあってびっくりしました。わたしは月がだいすきです。

お月さまは二、三どまばたきをされて、チエちゃんのねがおをてらしました。それからつくえの上のかんさつノートに、ゆめのような青い光のカバーをかけてあげました。

裏通り

下町の裏通り——それは子どもたちの遊び場でした。コールタールをぬった丸太の電柱にゴムなわを結んでは、女の子たちは背よりも高くとびました。道路にろうせきで大きな円をつないでかいては、石けりをしました。駄菓子屋さんの前に集まった男の子たちは、メンコやビー玉などをして遊びくらしていました。

時々、屋台車が通ります。ピーッとかん高い音をならして通るのが、きせるそうじのラオヤさん。チリン、チロリン、涼しい風を呼んでゆくのが風鈴屋さん。飴細工のおじさんは車をとめると、一本のわりばしに白い飴のかたまりをのせ、たちまち犬やねこや小鳥を作りあげてしまいます。そんな車の通るアスファルト道路を、子どもたちは自分の家の庭みたいに思っていました。

道路には、二階建ての家がひしめきあって並んでいました。煙草屋さん、鉄工場、炭屋さん、お米屋さん、駄菓子屋さんに髪結さん……引売りの八百屋さんと目立やさんにはさまれて、一軒の店がありました。その小さな店は、誰いうとなくおめんやさんと呼ばれていました。おめんやさんには、頬のたれるような丸顔でしわしわのおばあさんと、ねこぜのやせたおじいさんがいました。二人が店をあけるのは午後から夕方までの短い時間でしたが、夏にはかき氷を、冬にはおでんを、秋にはおいもをふかして売ったりしていました。

お客さんはおおかた道路で遊んでいる子どもたちでした。

「おいもちょうだい」

一銭銅貨をおじいさんに渡すと、たすきがけのおばあさんが、

「おいらんかい。きんときかい」

とききます。

「おいらんがいいや」

子どもは叫びます。おいらんは細いさつまいもですが、紫がかった実で甘くておいしいのです。おばあさんが新聞紙ではった小さな袋に入れてくれる間、子どもはちらりと店の壁を見ます。そこには、おかめのお面とはんにゃのお面が並んでかけてありました。いいえ、おかめではありません。ほんとうは小面といって、おすべらかしの美しい女の人を現したお面でした。でも、頭のすぐ下にあるうすい太い眉、幅広くふくらんだ真白なひたい、大きな白い鼻、何かをじっとみつめながら、かすかな笑いをたたえた細長い眸、お歯黒に染めた前歯が見える黒ずんだ受け口の唇、小面は笑っているのですが、それがなんとも気持ちの悪い笑い方でした。やさしいほうの小面ですらこんなふうに気味悪いのですから、ましてはんにゃの恐ろしさといったら、もう凄いものです。弓なりにとがった二本の金の角、かっと見開いた黒

くつり上がった目、真ん中の眸が空洞(くうどう)です。そぎ落としたようにこけた頬、無念(むねん)の形相(ぎょうそう)の口からとび出した角のような牙(きば)。子どもたちははんにゃの面から燃え上がる青白い炎のような憎しみや怒りに、ブルッと身ぶるいして目をそらせました。それでもこわいもののみたさに、チラチラ盗(ぬす)み見をしたものです。

そのおめんやさんに、いつの頃からかへんな噂(うわさ)がたちました。

「キチガイの息子がいるよ」

「気がふれて、戦地から帰されたんだって」

「弱虫のキチガイだねえ」

「いくじなしのキチガイだねえ」

ヒソヒソヒソヒソヒソ、誰も見た者はいません。一人の子どもがおいもを買う時、小さい背でのび上がって奥の座敷(ざしき)をのぞきこみました。すると白い着物を着た男の人が横になって、背中を向けていました。子どもはもう有頂天(うちょうてん)。

「おれ、おめんやのキチガイ見てきたぞ」

みんなに言いふらして歩きました。

そのうちだんだんと、戦争が烈しくなりました。

着るものはもちろん、食べ物もなくなりました。おいももおでんも売ることはできません。おめんやさんの店も、しまったままになりました。

×　×

夜、サイレンが鳴ります。

「警戒警報発令！」「警戒警報発令！」

カーキー色の防空服を着た近所のおじさんたちが、メガホンでどなって走ります。

どの家の電気もいっせいに消えてしまいます。人々はとびおき、素早く綿入れの防空頭巾をかぶり、救急袋をしょい、火はたきとバケツを持って表へ出ます。そして、サーチライトが右往左往する空をにらみつけました。

そんな時です。おめんやさんのキチガイが、さっそうと道路に走り出るのは。

「近所の方々ごあんど召され」

キチガイはせいいっぱいの大声で叫び出します。おじいさんとおばあさんが、その背中を押すように家の中にひっぱりこみます。

「ごあんど召され……敵はすでに……行方不明でありますから……」

何を言っているのかわかりません。意味のわからない言葉をわめきちらしながら、キチガイが家に入ります。はりつめていた人々は、またはじまったとばかり、どっと笑いました。

ボーッウーッボーッウーッ

空襲警報のサイレンが、短く断続的に鳴りひびきます。ほどなく、アメリカの戦闘機B29の編隊が、サーチライトの光の中をとんでゆきます。そして黒い悪魔の鳥たちがとび去った時、屋根の向こうの空が真赤に染まりました。今夜もどこかの町が燃えているのです。おめんやさんのキチガイが、また叫び出しました。

「近所の方々、ごあんど召され、ごあんど召され。ごあんど召され」

でも、子どもたちは知りません。この裏通りに子どもたちはもういませんでした。

お父さんやお母さんと別れて、遠い田舎へ学童疎開をしているのでした。

×　×

下町の裏通り――それは昔の通りです。戦災ですっかり焼けてしまって、今はもう面影さえもありません。でも、私の胸の中に、ある日突然よみがえった通りでした。それは私の家に、ポピーという黒い仔犬がもらわれてきてからでした。ポピーはいたずらな人なつっこい仔犬でしたが、救急車のサイレンが聞こえはじめるとすっくと立ち上がり、必ず低くうなり出します。それから、ピーポー、ピーポーと、救急車そっくりの声で遠吠えをするのでした。それはサイレンの音が消えてしまうまで、しつっこく続いていました。特に夜、救急車は無気味な音をひびかせてやってきます。

「ほら、また始まるよ」

宏がニヤリと笑います。

「あ、始まった、始まった」

姉の恵子がにぎやかに言うと、家族は揃って笑い出してしまうのでした。

「でもさ、ポピーったらこわいのかしら。救急車が」

「違うな。だって凄い迫力だぜ。おれだってあんな声出せるんだって、挑戦してんだよ」

「でもなんだか悲しそうにも聞こえんじゃない」

「それが女の子のセンチメンタル」

「バッカ」

そんな二人の口げんかを聞きながら、私はあの裏通りをせつないほどに思い出すのです。でもこの子たちには知らせたくない思いで、じっとポピーのなき声を聞いていました。

ピーポー　ピーポー　ピーポー

夢(ゆめ)を売ります

一

タヌキのお母さんとキツネの奥さんが、初詣(はつまい)りにでかけました。

「ほんとにポンタときたらこまってしまいます」

とタヌキがいいました。

「ゆうべも紅白歌合戦をおわりまでみているんですよ。ですからけさは、いくらおこしてもだめなんです。こんなことで一年生になれるでしょうか」

タヌキはしんぱいそうに、でもじぶんもフワッフワッとあくびがでそうになるのをがまんしながらはなしています。

「だいじょうぶですとも」

とキツネがいいました。

「うちでもいまごろ主人がたかいびきですよ。でもふだんはかいしゃにはちこくしませんから」

「ほっほっほっ」

二人はこえをそろえて、たのしそうにわらいました。タヌキのお母さんとキツネの奥さんは、とてもなかよしです。氏神様（うじがみさま）におまいりをすませたころ、お日様はもうすっかり空にあがって、しずかなよいおひよりでした。あまり空が青いので、二人は雑木林（ぞうきばやし）をとおってかえりました。林は明るく、セミの羽のようにすきとおっています。

「おや、なんでしょう?」

キツネが足をとめました。

「なんだかおおぜい集まっていますわ。奥の方で」

「まあたいへん、いそがなくちゃ」

タヌキは近眼なのでよくみえません。そのぶんあわててはしりだしました。

林の奥の木の株には、赤い蝶ネクタイの白ネコが一匹こしかけていました。うっすら目をとじてすましています。まえにトランクが一つおいてあり、そのよこにかんばんがたっていました。

『夢を売ります』

さっきから動物たちがそのネコをとりまいて、わあわあざわめいているのでした。

「夢を売るんだってさ」

「夢ってなあに？」

「ねむっているときみるあのゆめさ」

「かってみようか」

「かってみようよ」

「ネコさん、夢をください」

犬がいいました。ネコはおもむろに目をあけると、「何色の夢にしますか」とききました。

「ウウー赤、赤にします。赤い夢をください」

「はいはい」

ネコはおちついてトランクをあけました。みんながいっせいにのぞくと、たくさんのゴム風船(ふうせん)が入っていました。ネコは赤いゴム風船をとりだして、ふしぎなガスの入ったボンベでしゅっとふくらませ、きように糸(いと)でむすんで犬にわたしました。

「赤い夢です。だいじにもっていらっしゃい」

「いくらですか?」

「三百円です」

「ありがとう」

犬はよろこんで、赤い風船をふわふわゆらしながらもってかえりました。みんなはうらやましくなってわれもわれもと買いました。あひるは黄色い夢を、リスはみどり色の夢を、ブタはピンク色の夢をかいました。カラスはさんざんまよったすえに、夕日色を買いましたし、うさぎはあわてて「にんじん色をください」などとモグモグいいました。スズメははずかしそうに、ブタとおなじピンク色の夢をかいました。三百円はらうとき、スズメはそっとネコにききました。

「この夢、彼と結婚できますか？」

　ネコはこっそり耳うちしました。スズメはうれしそうにとんでいってしまいました。

　さいごに野ねずみが、チョコレート色の夢を買ってかえると、タヌキとキツネだけになってしまいました。

「いちばん大きい夢はどれですか？」

と、タヌキがトランクの中をのぞきこみました。

「そうですね」

ネコは銀色の風船をとりだしました。

「これがいちばん大きい。五百円です」

「それをください」

タヌキがさけびました。

「かしこまりました」

ネコはていちょうに、鉄のボンベでふしぎなガスを入れました。すると銀色の風船は円盤形にふくらみました。

「まありっぱだこと」

タヌキは感動して、ネコに五百円わたしました。

「わたしは色のない夢をいただこうかしら」

とキツネがいいました。ネコは白い風船をとりだして、

「これなんかどうですか。安くしておきましょう」

「いかほど？」

「そうですね。百五十円」

「百円になさいな」

「いやこの口もとにね、ほら、赤がうっすらついているでしょう。これがなかなかしゃれています。百五十円です」

「色なんてついてなくていいんですけどね。でもまあよろしいでしょう」

キツネはやっと百五十円で、白い風船をかいました。

――キツネの奥さんてお上品だけれど、いがいとケチなんだわ――とタヌキはおもいました。

「いい夢ですよ、奥さん方。でもね、けっしてだれにもはなしてはいけません」

ネコはもったいぶってささやきました。タヌキはこっくりし、キツネはすましてて歩きだしました。林をぬけ、野原をぬけ、町のちかくまできたときです。さーっと風がふいてきて、キツネはおもわず風船をはなしてしまいました。

「あっもったいない」

タヌキがかけだそうとすると、キツネがとめました。

「いいの、いいの。青い空にながしておきましょう」

「でもキツネさん、せっかくの夢を」

「空にも夢をあげましょうよ」

キツネはニコニコと風船をみていました。

「でもああしてみると、やっぱり色のついた風船のほうがきれいだったようですね」

——キツネさんはケチではない。やっぱり上品で、美しい——とタヌキはすまなくおもいました。

タヌキは家にかえると、さっそく自分のベッドにむすびつけようとしました。

「うわあい、円盤の風船ほしいよう」

「風船じゃありません。たいせつな宝物です」

「ああん、宝物ぼくもほしいよう」

「いけないいったらいけません！」

こわされたら一大事、タヌキは大声でポンタをしかりつけます。それでもポンタがとびかかったので、おもわず風船をはなしてしまいました。あっとおもうまに銀色の風船はてんじょうにあがっていきました。

「ああよかった。うちのなかで」
とタヌキは一安心、これならポンタもとどきません。
そのばん、タヌキはいそいそとはやねをしました。が、あいにくすぐぐっすりとねむってしまって、ひとかけらの夢もみませんでした。

二

春がきました。

「すっかりあたたかくなりましたね」

キツネの奥さんは、いつもあいそうよくあいさつをします。そうして、きっとこうたずねます。

「いかがですか、ポンタちゃんは？」

「はい、おかげさまで。どうやら元気で学校にいっています」

タヌキのお母さんは、ニコニコとうれしそうでした。

夏がきました。

「ほんとうにおあついですね」

キツネの奥さんはすずしそうなかおで、にっこりとあいさつをします。

「いかがですか、ポンタちゃんは？」

「はい、おかげさまで。ひらがながすっかりかけるようになりました」

タヌキのお母さんは、ニコニコとうれしそうでした。

ポンタは元気で、一日も学校を休みません。タヌキはすっかり安心（あんしん）して、このごろは毎日ひるねをすることにしていました。よこになっててんじょうをみあげると、風船がうかんでいます。そうです。なんとしても、銀色のすてきな夢をみたいものです。ところがひるねはいいきもち、いつもムニャムニャぐっすりねこんでしまうので、ちっとも夢はみませんでした。

「ただいま！」

ポンタがいきおいよくかえってきました。タヌキはびっくりして目をさましました。

「お母さん、ぼく作文かいてきた。ほら、三重丸（さんじゅうまる）だよ」

ポンタはいばって原稿用紙をみせます。

「どーら」

タヌキはうれしくなって、こえをだしてよみはじめました。

『　おかあさん
一ねん一くみ　ポンタ
ぼくががっこうからかえると、おかあさんは、ひるねをしています。それからゆうがたになると、おつかいにいって、たくさんたべものをかってきます。おかあさんは、よくたべます。だから、とてもふとっています。ときどきピーテエーにでかけます。』

ピーテエーのテの下に、先生の赤インクでぼうがはいっています。タヌキははずかしくてかおをまっかにしました。

「ポンタ！　こんなことかいちゃいけません」

「どうして？」

「だめったらだめ！　まったくなってないよ。なんてへたくそなんだろう」

タヌキはくやしくてたまりませんが、さてどうしていいかわかりません。だってポンタときたら、

「三重丸だもんね」

と、ふくれっつらをしていばっているのです。

そこでタヌキは、キツネの奥さんにそうだんにでかけました。

「ほんとに、どうしたらいいんでしょう」

と、タヌキはなさけなそうにポンタの作文をみせました。

「まあ、とてもちゃあんとした字でかいていらっしゃるわ。ピーテーエーのテーをのばすぼうがぬけているだけですしね。ポンタちゃん、はじめての作文でしょう。たいしたものですよ」

と、キツネはなぐさめてくれました。

「だって、これじゃあんまりです」

「それではタヌキさん、ポンタちゃんとどこかへあそびにいらっしゃったら。きっといい作文をかきますよ」

「あら、まあ、そうですか。ほんとに、それはそうかもしれません」

タヌキはよろこんで、さすがにキツネの奥さんはたいしたものだとかんしんしてかえりました。

善（ぜん）はいそげ！

「ポンタ、お母さんとでかけようね」

「うわあい、うれしいな。どこへいくの？」

「お地蔵様（じぞうさま）のごえんにちだよ」

ポンタはよろこんで、お母さんとでかけました。お寺（てら）のまわりには、おみせがたくさんでています。けいだいで、ハトにあげるまめをかいました。ポンタはよろこんで、まめをまきました。

「いいかい、ポンタ。あのハトのせなかの羽（はね）の色、よくみておくんだよ。きれいだろう」
「うん」
「何色だろうね」
「しらない」
「ピンクだろ」
「うん」
「青いしね」
「うん」
「みどり色だし」
「うん」
「ピンクと青とみどり、三つの色がせなかのところだけひかっているだろう」
「うん」
「きれいだねえ」

タヌキは感動(かんどう)していいました。

「よくおぼえておくんだよ」

クククとたくさんのハトがよってきます。二人はなかよくまめをまきました。

つぎの週(しゅう)、「五重丸もらった！」とポンタがニコニコ作文をだしました。タヌキはニヤリとわらってうけとりました。

『　おじぞうさまにいったこと

一ねん一くみ　ポンタ

きのうぼくは、おかあさんとおじぞうさまにおまいりにいきました。ごえんにちなので、にぎやかでした。おかあさんが、はとのえさをかってくれました。なかをみると、とうもろこしでした。おかあさんがのぞいて「たべたいなあ」といいました。ぼくはいそいで「だめだよ」といいました。』

「まあ」タヌキはびっくりしました。そんなことといったかしら？　どうもいったようです。しかたがない。

『ぼくがとうもろこしをぱらぱらっとまくと、はとがよってきます。くーくーとなきながら、だんだんたくさんよってきます。はとは一つぶずつ、とうもろこしをいそいでたべました。ぼくはかわいいなあとおもいました。』

――うまい、うまい。でもそれだけ？　あんなにきれいな色をおしえてやったのに――

『どうろには、いろいろなおみせがならんでいました。おもちゃやさんには、じどうしゃやにんぎょうがたくさんありました。さるがシンバルをたたいていました。ぼくが「あれほしいよう」といおうとすると、おかあさんはどんどんいってしまいました。ぼくはがっかりしました。』

ぼくだけではありません。お母さんのほうもがっかりしました。でも五重丸ではもんくのつけようもありません。タヌキは作文をおしえるのをあきらめてしまいました。キツネの奥さんにもはずかしくてそうだんできなかったからです。かんがえるとあたまがいたくなりそうで、ひるねをしたくなりました。でもまた作文にかかれたらたいへんです。

――ううん、どうしたらいいかなあ――

まどからすずしい風がふいてきました。するとてんじょうの風船が、ゆらりゆらりうごきだしました。

「あらあらたいへん、わたしのだいじな夢がとばされちゃう」

タヌキはいそいでつくえの上にいすをのせ、その上にのって風船をつかまえると、台所(だいどころ)のかべの高いところにあるくぎに風船の糸をむすびつけました。こうしておけば安心です。

ところがふしぎ、なんだかへんなんです。きゅうに体がむずむずしてきて、むやみにうごきだしたくなってきたのです。

「きたない台所だなあ」

とタヌキはみまわしました。それからさっさとエプロンをかけ、スポンジにクレンザーをつけると、台所をみがきはじめました。銀色の風船をちらちらみながら、シュッシュッキュッキュッ、毎日毎日いっしょうけんめいです。ガス台も調理台もながしもおなべもおかまも、それはきれいにひかりだしました。タヌキはうれしくてたまりません。こんなきれいな台所からは、どんなおいしいものでもつくれそうなきがしてきました。それで毎日ごちそうをつくっては、せっせと台所をみがいていました。

冬がきました。きょうは授業参観日です。山羊先生がめがねをなおしながらいいました。

「メエー、きょうはこのあいだかいた作文をよんでもらいましょう」

みんなざわざわさわぎます。

「メエー、お母さんというだいでしたね」

――え、また――タヌキはなさけなくなりました。

――どうして山羊先生はお母さんばかりかかせるんだろう。ほんとにあたまにきてしまう――

「ではポンタくん、よんでごらんなさい」

「はあい。ぼくのおかあさん。ぼくのおかあさんはとてもふとっています」

生徒たちはいっせいにふりかえり、ゆびをさしてわらいだしました。タヌキは小さくなってうつむきました。ライオンもうさぎもさるもリスもいのししも、授業参観のお母さんたちはみんなニコニコしています。ブタのお母さんまでが「まあ」といったかおでこちらをみています。

「メエー、しずかに」

山羊先生が手をたたきました。ポンタがあたまをかいてよみつづけます。

「でもおかあさんは、とてもはたらきものです。ぼくががっこうからかえると、おかあさんはいつもエプロンをかけてたのしそうにだいどころをみがいています。だからだいどころはぴっかぴっかです。ぼくが『ただいま』というと、おかあさんはホットケーキをすぐやいてくれます。おかあさんのつくったいちごじゃむはいいにおいがします」

「いいなあ」

子ブタのトン吉がよだれをたらしました。

「うらやましいなあ」

みんながくちぐちにいいました。

「きのうおかあさんがたぬきうどんをつくりました。大きな木のだいの上でうどんこをまるめて、しろいきれをかけてあしでふむのです。『ポンタもふんでごらん』とおかあさんがいったので、ぼくもいっしょにふみました。『よいしょ、よいしょ、よいしょ、よいしょ』とふみました。それからおかあさんは、うどんこをぼうでのばして、こなをふって、またぼうにまきつけ、またこなをふってだんだんうすくのばしていきました。そうしてとても大きなうすいまるになると、アコーデオンのようにたたんで、ほうちょうでほそくきりました。それからにえたったおゆでゆでました。『きょうはとくべつだいさーびす』といって、おかあさんはたぬきうどんでなくて、てんぷらうどんにしてくれました。あんまりおいしいので、ほっぺたがおちそうでした」

みんなは、ほっとためいきをつきました。

「おかあさんは、おりょうりがとてもじょうずです。だから、ぼくもおかあさんもふとっています」

こんどはだれもわらいません。

「ぼくは、おかあさんがだいすきです」

みんなはゴックンとのどをならして、いっせいにはくしゅをしました。

「メエー、とてもじょうずにかけましたね。ポンタくんのお母さんは、なんてすてきなお母さんでしょう」

山羊（やぎ）先生はニコニコといいました。タヌキはもうなにがなんだかわかりません。あたまに血が、わあっとのぼって、まるで学芸会（がくげいかい）のぶたいにたっておおぜいのおきゃくさまからはくしゅされているようなきもちでした。

「ポンタちゃんてなんておりこうさんでしょう。かんしんしてしまいますわ」

ライオンの奥様さえなれなれしくはなしかけてくれたほどです。

タヌキはすっかりかんげきしてしまって、いえにかえってきてもぼーっとしていました。ひさしぶりでゆっくりいすにこしかけ、てんじょうをみあげました。すると銀色の円盤風船が、ふわふわうれしそうにゆれました。「あっ」タヌキはとびあがりました。わすれていたのです。十二月にもなって、ネコからかったあの銀色の夢をみたのかもしれません。だって、こんなすてきなことがあるでしょうか。そういえば銀色の風船、銀色の台所、さあたいへん！　きえてしまったらどうしよう。

「ええと、ええと」タヌキはうんうんうなりながら、「だれにもはなしてはいけません」とネコがささやいたことを、やっとおもいだしました。

「そうだ。だまっていればだいじょうぶ。だれにもぜったいしゃべりっこないわ」

三

タヌキは毎日しあわせでしあわせでたまりません。しぜんにわらいがうかんできて、しぜんに歌が歌いたくなります。それからきっと、じぶんはこんなにしあわせなのに、風船を空にとばしてしまったキツネさんはほんとうにきのどくだとおもいます。

それである日、れいの手うちうどんをつくり、バラの花をかってキツネをたずねました。

「まあうれしそうなおかお」

とキツネはニコニコして、

「ポンタちゃんの作文が、とてもおじょうずになったのかしら？」

「ええ、いいえ、とんでもない。それが」

とタヌキはしどろもどろで、やっと、

「まあ、どうにかやっていますから」

とうれしそうにわらいました。

「いいことね。お子さんがいらっしゃって。わたしなんかこんなことばっかり」

とキツネは毛糸のえりまきのあみかけを、ソファのはじへおしやりました。

「キツネさん、これをどうぞ」

と、タヌキはバラの花たばをわたしました。

「まあうれしい。きょうはわたしの誕生日(たんじょうび)なんです。それに白バラってわたしだいすき」

「あらキツネさん、白バラとはちがいます。花びらのふちが赤いでしょう。これ、めずらしいんですって」

とタヌキはじまんしました。

「まあほんと、赤いふちどり。かわいいこと」

キツネはさっそく、冬バラをガラスの花びんにさしました。それから紅茶とケーキをもってきました。

「めしあがってくださいな。手せいのケーキですけれど、おさとうひかえてありますの」

ケーキはとびきりおいしい味でした。タヌキはもじもじしました。

「あのう、お誕生日ってしらないもんですから、わたし手うちのうどんなんかもってきてしまって」

「あーら奥さん、わたし大好物ですわ」

「あぶらあげもはいっていますから」

「どうしましょう。うれしいわ。キツネうどんなんてほんとうになつかしい」

キツネは大よろこびです。タヌキもほんとうによかったとかえっていきました。

四

　つぎの年は大雪（おおゆき）になりました。雪はとけないうちにまたふりだすので、いつまでたっても春がきません。キツネの奥さんからでんわがかかってきました。

「もしもしタヌキさん、おげんきですか？」

「はいはい、げんきです」

「あなたにいただいたバラの花ですけれどね」

「あら、もうとっくにちってしまったでしょ」

「それがたった一本だけ、どうしてもちらないんです。こおりついてしまったようなんです。とてもきれいにさいています」

「そんなばかな。だってあれはきょ年の十二月二十日、奥さんのお誕生日ですよ」

「どうぞみにきてくださいな。いつまでさいているか、毎日とてもたのしみなんですの」

キツネのこえははずんでいました。でもタヌキは、キツネにだまされているのだとおもいました。

――それにしても、キツネさんとあうのはうれしいなあ――

つぎの日、タヌキはじょうきげんででかけていきました。ひさしぶりによいお天気です。雪の道がどんどんとけています。

キツネはよろこんでタヌキをむかえました。

「ね、ほんとでしょう」

「まあ、まあ」

タヌキはびっくりしました。白いレースのテーブルの上に、あの赤いふちどりの白いバラが一つ、いきいきとさいているではありませんか。それはるり色の一りんざしにとてもよくにあいました。

「ほんとにまあ、びっくりしましたわ」

「でしょう。きょうでちょうど百日めです」

「百日ですって！」

まあこのはっぱのぴんとして、水々しいことといったら――タヌキはすっかりかんしんしてしまいました。キツネはじっとバラをみつめています。

「奥さん、わたしずっとかんがえていましたけれど、このバラの花どこかでみたことあるでしょう」

「そういえば……」

そんなきがしないでもありません。キツネはなつかしそうにいいました。

「ほら、きょ年わたしがネコさんからかった風船」

「あっそうだわ」

タヌキはおもわず、ぽんと手をうちました。ふちの赤い白い風船、キツネが空にとばしてしまった風船。

「かえってきたのですね。あの夢が」

キツネがそういったときです。バラの花びらは、みるみるふくれあがってせいいっぱいにさきほこりそりかえって、ハラリとちってしまいました。

しまった！　とタヌキは口をおさえましたが、もうまにあいません。二人はしばらくこえもでませんでした。

やがて、キツネはほそいきれいな指（ゆび）で、こぼれたバラの花びらを、一まい一まいひろいあつめました。

「ほんとにいい夢でしたわ。あなたのおかげです。ありがとう」

「でも、もったいない」

キツネはニッコリといいました。

「わたし、この花びら、お日様にかわかしていただいて、まくらの中へ入れようとおもいます」

キツネさんてなんてかしこいのだろう。きっといいにおいのするまくらができるわ――タヌキはほとほとかんしんしました。

え、タヌキの風船ですって？

安心してください。それはもう、いまでもピカピカの台所のてんじょうにうかんでいます。ときどきやねの雪がどさっとおちると、銀色の風船はびっくりしたように、ゆらりゆらりとゆれていますよ。

おしまい

子狸(こだぬき)タンマ

一

月夜の山道を、子狸が一匹トボトボとおりてきました。青い毛糸のマフラーを首にまきつけて。あ、あれはやせっぽちのタンマです。こんな夜ふけにどこへ行くのでしょうか。トボトボポコポコ。

分れ道までおりてくると、野菊(のぎく)の咲いている草むらに、お地蔵さまがたっていました。

タンマはていねいにおじぎをしました。

「お地蔵さま、おら今晩家出(いえで)をしてきました。うちには婆(ばあ)ちゃんが一人でいます。どうか達者(たっしゃ)で長生きするよう守ってください。お願(ねが)いします」

どどーっと冷(つめ)たい風がふいてきて、銀色のすすきがざわざわゆれました。お地蔵さまは月の光の中で青ざめていらっしゃいました。

「たいへんだ。風邪(かぜ)をひいちまう」

タンマは自分のマフラーをとると、いっしょうけんめい背のびして、お地蔵さまの首にまきつけました。

「タンマ、風邪ひいたら大変だぞ。えりまきまいとれ」婆ちゃんがいつもそういって、タンマにマフラーをさせてくれるからです。暖(あたた)かそうになったお地蔵さまを見て、よかった！　とタンマは思いました。

「じゃお地蔵さま、さようなら」

タンマはまた歩き出しました。首すじがすーっとつめたくなって、ブルッと身ぶるいが出ました。急に婆ちゃんから遠くはなれてきたような気がしました。

「でもしょうがない。今日からは一人なんだ」

タンマはうすっぺらなおなかに、ぎゅっと力を入れました。

「タンマ」

風の中で、誰かが呼んだような気がします。そんなはずはありません。

「タンマ」

「あれ?」タンマはふり返りました。誰もいません。

「タンマ」

呼んでいるのはお地蔵さまでした。

「へっ」

タンマはびっくりしてしりもちをつきました。

「ありがとうよ、タンマ、お前はほんとにやさしい子だね」

お地蔵さまがニコニコ笑っています。タンマは立ちあがって頭をかきました。

「お礼に教えてあげよう。そっちの道へ行くのはおよし。狼山へ行ってしまうよ」

「ひえー」

タンマはまたしりもちをつきました。それからかしこまって、ていねいにおじぎをしました。

「ありがとうございます。狼に食われるなんて、おらごめんだ。右はやめて左へ行きます」

「よくおきき、タンマ。左へ行けば虎谷に出る。お前は虎と戦えるかね」

タンマは歯をガチガチとならし、動けなくなってしまいました。

「狸村へは虎も狼も入れないように、私は毎日ここで守っているのだよ。さあ、タンマも早く帰ったほうがいい」

タンマの目から大粒の涙がポロポロこぼれました。

「わかったかね、タンマ」

「いやです。おら帰るのはいやです。婆ちゃんには心配かけたくないからだまってたけど、狸村なんかちっとも楽しくありません。みんながおらをいじめます。おら、ぶきっちょで、みんなといっしょに腹つづみが打てないんです。どうしてもおくれてしまうんです。それにみんなみたいにポンポンというい音も出ません。ボンボーンといいますから『やーい古時計』って、みんながおらをばかにするんです。帰るのはいやです」

タンマはううっと泣いてしまいました。お地蔵さまは、タンマの頭をやさしくなでました。

「それではここで、私といっしょに地蔵にでもなるかね」

「おらが？　お地蔵さまにですか」

「そうとも」

「だめです。なれません、おらたち化け方だってまだ習っていません」

「私が変身させてあげるよ。心配しなくともいいんだ」

タンマの顔がぱっと明るくなりました。

「ありがとうございます。おら、うれしくてとびあがりそうです」

「とびあがるほどのことでもない。これで地蔵も仲々大変なものなのだ。第一動いてはいけない。しゃべってはいけない。石のように無言の行に入らねばならんのじゃ。そうしていればこそ、虎も狼もどうすることもできんのじゃよ。ただし、真夜中の十分間だけは自由になれるがな。そんなものは自由のうちには入らん。どうだ、タンマ。そんながまんができるかな」

「できます。できます。友だちからいじめられるより、一人で黙っていたほうがよっぽどましです」

「では私のとなりに立っていなさい。あの月が真上にきた時、お前は私と同じ石地蔵になるであろう」

二

「大変だあ、タンマがいなくなったぞう」

狸村は大さわぎです。

「あのやせっぽちのタンマめ、夜あそびなんぞに出ていって、崖（がけ）からおっこちたんではなかろうか」

「なんのあいつは婆さまっこじゃ。一人でなんぞ出かけるはずがねえ」

「何か叱（しか）られたんでねえか」

「なあに叱っとらんと。婆さまはもう泣きはらして、おたおたじゃ」

「いったいどうしたんじゃ」

「それがわからんのじゃ」

村中の狸たちは、とんがり山のてっぺんの杉の梢（こずえ）から、色づいた草のねっこまでかきわけて探し回りました。三日も探しましたが、どうしてもみつかりません。

するとと子狸たちが走ってきました。

「山のはずれのお地蔵さまが二つあるよ」

「なんだって」

　狸たちはどやどやと集まってきました。

「ほんとうじゃ。こりゃどうしたことじゃ」

「あれよう、タンマのえりまきじゃ。おらが編んでやったえりまきじゃ」

　婆さまは腰をのばしてお地蔵さまを指さしました。さあ、大変、タンマのやつ、お地蔵さまに化けてしまった。

「この罰当りめ！」

　婆さまはお地蔵さまをピタピタ叩きました。けれどもタンマには戻りません。

――違うよ。違うよ。婆ちゃん、こっちがおらだ――何度そういいたかったことか。

でもタンマは息もできないくらいじっとしていました。

誰かがいいました。

「タンマは化け方を知っているかのう」

子狸たちは口をそろえていいました。

「しらねえ、しらねえ。子どもは誰も習（なら）っていないよ」

「でもまあうまく化けたもんだ。婆さまこっそり教えたんでねえか」

「なんのおらが教えるもんか」

婆さまは泣きじゃくるばかりです。

「ほんとかよう。だども化けたことはたしかだぞ。このえりまきが、何よりのしょうこだ」

みんなはうなりました。とうとう村長のげんじい狸がきっぱりといいました。

「戻り方をしらんのだな。こりゃもう、狸が池さほうりこむよりしょうがあんめえ。昔から化けそこないの狸を戻すには、それより方法がないときいておる」

「お願いしやす。お願いしやす」

婆さまは、泣く泣くいっしょうけんめいたのみました。

――そんなの困るよう――タンマがドキドキしているうちに、狸たちは大八車を押してきました。そうしてお地蔵さまをのせると、ワッショイ、ワッショイ、狸が池までひいてきました。

そして深い池の中へ、ドボンと放りこみました。ブクブクッと石のお地蔵さまは沈んでしまいました。みんなは息をつめて水面をみつめましたが、何もうかびあがってはきませんでした。

「タンマ！　どうしたんじゃ。戻ってこいよう」

婆さまは悲痛な叫びをあげましたが、戻ってきたのはこだまばかりです。

「ぶきっちょな奴だからなあ」
子狸たちはみんなそう思って、ためいきをつきました。
――ごめんなさい、お地蔵さま。おらのために――
タンマ地蔵は泣きっ面でした。でもどうすることもできません。タンマは祈りました。
――お地蔵さま、どうか帰ってきてください――
そうしてそれまで、自分はしっかりお地蔵さまのかわりになろうと決心しました。

三

山の端に、真赤な夕日が沈んでゆきます。でぶっちょの子狸が、はあはあ走ってきました。いじめっこのポンポコです。タンマは思わず体を固くしました。でもポンポコは、タンマ地蔵におだんごを一くし供えました。

「お地蔵さま、どうか夕ンマを許してください。あいつがお地蔵さまに化けたりしたのは、おらのせいなんです」

――そうだ。そうだ――

タンマはいきばって、こわい顔をしました。ポンポコはポコンと腹つづみを打ちました。

「こういう音がすれば、おらだってタンマをぶったりしなかったんです。ごめんなさい、お地蔵さま。これから毎日、おらのおやつのだんごをもってきます」

ポンポコはしおしおと帰ってきました。するとのっぽの子狸がパタパタと走ってきました。いじめっこのポリスケです。タンマは思わず体を固くしました。でもポリスケは、タンマ地蔵に、赤い柿の実を一つ供えました。

「お地蔵さま、どうかタンマを許してください。あいつがお地蔵さまに化けたりしたのは、おらのせいです」

――そうだ、そうだ。お前が悪い――

タンマはいきばって、こわい顔をしました。ポリスケはポンポンポンと腹つづみを打ちました。

「あいつはここでリズムが外れちゃうんです。三拍もちがっちゃうんです。指揮棒をふりあげる時、おらいつも注意するようにタンマをにらみつけんだけど、あいつはきっと失敗しちゃいます。だから指揮棒で、おらがタンマをしょっちゅうつっついたんです」

——つっつかなくたっていいじゃないかよう。痛いんだぞう——

と、タンマはしかめっ面をしました。

「ごめんなさい、お地蔵さま。これから毎日、おらのおやつのあまーい柿を持ってきます」

ポリスケはしおしおと帰っていきました。

もう暗くなりそうになった頃、あわてんぼうのクリクリが、山栗をてのひらいっぱい持ってきました。

「お地蔵さま、タンマが悪いんじゃありません。タンマはみんなに、ドジだの古時計だの笑われて、狸がやんなったんです」

――そうだ、そうだ。お前も悪い――

タンマはこわい顔をしました。

「でもよう」

クリクリは、ぐっと胸をそらせました。

「おらなんかあわてんぼだから、腹つづみだっていつも一拍早く打っちゃうんだよ。けどペロンと舌を出しておしまいさ」

――なんだ。間違ったのはおらだけじゃなかったのかあ――

タンマはあきれて、がっくりしました。

「だからおら、つっついて笑わそうと思っても、タンマはいつも下ばかりむいてだまっちゃうんです。古時計だっていい出したのもおらです。面白いと思ったんだけど、ほんとはかわいそうなことしちゃった。ごめんなさい、お地蔵さま。許してください。これから毎日山栗を拾ってきます」

クリクリは走って帰りました。

夜中になりました。

「うんまいだんごだなあ。これからは毎晩いいものばかり食べられるぞ」

みんなはペコペコあやまりにくるし、お地蔵さまになってほんとによかったとタンマは思いました。

四

ポンポコもポリスケもクリクリも、毎日だんごと柿と山栗を持ってきました。するといつのまにか女の子狸たちまでがやってきて、どんぐりや、梨(なし)やぶどうを持ってきてくれました。お千代狸などときたら、まんじゅうまで持ってきてくれて、

「どうかタンマをお助けくさい」

とおがみました。

タンマはすっかりおなかがいっぱいになって、自分がどっしりと大きくなったような気がしました。こうしてじっと立っていれば、虎や狸だってお地蔵さまに見えるに違いない。タンマはもう、びくびくなんてしていません。

ところが、ある夜中のことです。さあ、またおいしいだんごを食べようとした時、タンマの手に急に何かぶつかってきました。

「いたた」

タンマはびっくりして顔をしかめました。

「どうもすいません」

あやまっているのはムササビです。

「お地蔵さま、どうぞお許しを。あっしはどじでぶきっちょで、高い枝から低い枝にとぼうとすると、よくおっこちてしまうんです」

「そうかあ。お前もぶきっちょなのか」

タンマは何だかうれしくなりました。

「ムササビ、こんなにごちそうがあるよ。食べておゆきよ」

「ありがとう存じます」

ムササビは山栗をおしいただいて、おいしそうに食べました。

「もっと食べなよ。おいしいよ」

「とんでもありません。うすみっともないへまをしでかして、そんなにごちそうになっては罰（ばち）があたります。こんどは自分でえさをみつけにいってまいります」

「だってムササビ、お前ぶきっちょなんだろ」

「へえ、ですからほかの奴らの百倍は飛行練習しませんとね」

「百倍！」

ムササビの目が、ピカッと光りました。

「そうでさあ。なんでもタンマとかいうぶきっちょな子狸が、お地蔵さまに化けそこなって狸が池にほうりこまれたまんま、いまだに戻らないといううわさをききやしたが、あっしなんかもそうなったらおしまいでさあ」

「おしまいなの？」

「全体、狸というのは、はためいわくってのを考えたことがあるんですかねえ。いじめる奴も奴だが、いじめられる奴もだらしがねえ。タンマの婆さんなんぞ、心配のあまりねこんじまったそうでさあ」

「え、婆ちゃんが」

「弱けりゃ弱いで、けっきょく自分も身内をいじめてるわけでさあ。そこへいくとムササビには、そんな奴はいません。どうぞお地蔵さまご安心ください。おっと長っぱなしをいたしました。それではごめんくださいまし」

「またおいで、ムササビ」

「へえ、ありがたいことで」

ムササビはチョロチョロと、木の幹(みき)に登(のぼ)っていってしまいました。

タンマは急にさびしくなりました。

「婆ちゃん、おら、ここにこうしているんだ。安心してくれ。婆ちゃん、婆ちゃん！」

いくら叫んでも、タンマの声はとどきません。タンマはおいおい泣きました。

その時、はるか下の虎谷の方から「ウオーッ」と底力のあるすさまじい声がひびきました。タンマはびくっと泣きやみました。「クオーン」狼山の方からも、高い鋭い声がひびいてきました。たいへんだ。歯の根がガチガチふるえます。化けの皮がはがれたら、たちまち虎や狼に食われてしまう。狸村もぜんめつだ。泣いてはいけない。タンマは歯をくいしばり、ぐっと我慢しました。

五

次の日、子狸たちが、みんなで集まってきました。タンマ地蔵の前に、みんなは輪になってすわりました。

「今年は村祭はやめだと。おとうがいってたぞ」

でぶっちょのポンポコががっくりといいました。

「タンマの婆ちゃんのことを考えたら、祭りなんぞできねえって」

「じゃ、あんなに練習していた腹つづみもだめだったわけか」

のっぽのポリスケは泣きそうな顔をしました。

「あきらめようよ」

とあわてんぼうのクリクリがいいました。

「あきらめるなんて早いよ」

とお千代狸がいいました。

「お祭りまでに、タンマが戻ってくればいい」

「そうだ、そうだ」

みんなは口々にいいました。ポリスケが立ち上がって、

「ここで練習しよう。お地蔵さまに見てもらうんだ」

「さんせい！」

狸たちは、どっかとあぐらをかき直しました。ポリスケは木の枝を折ってきて、両手をあげ、

「ようい」

とみんなを見まわしました。みんなもポリスケをしっかり見ています。

「三、四」

ポンポコポン、ポコポンポン、ポーンポン、ポリスケが指揮棒の枝を地面に叩きつけ、

「だめだ、だめだ。もっと明るく弾むように」

子狸たちは何度もやり直しました。

「無理だあ、弾むわけないよ」

お千代狸がくやしそうに立ち上がりました。

「今日はおしまい。おらタンマの婆ちゃんにおかゆ作りに行くんだから。みんなも

魚でもとっておいで」

「そうだ。わすれとった」

子狸たちはいっせいに帰っていきました。

タンマはびっくりしました。みんながあんなに親切だなんて、なんだか夢をみているようです。

子狸たちは毎日おまいりにやってきては、腹つづみの練習をしていきました。

「タンマさえいてくれればなあ。もっと弾んだいい音が出るんだけどなあ」

そこでタンマは考えました。

――おらさえいたら。でもおらの腹つづみはボーンボンだからなあ。でもみんなは婆ちゃんを看病してくれとる。それにおらだって、毎日うまいごちそうを食べさせてもらった。いっちょう、やってみるか――

真夜中、タンマは一人で腹つづみをトーンと打ちました。「ポーンポン」あれ？澄んだ音です。タンマは耳をうたがいました。「ポコポンポン」ほんとうにいい音です。――どうしてだろう?――

タンマはどっかりとすわり、すっかりふくらんだおなかをつき出して叩いているのでした。いっしょうけんめいタクトをとっているポリスケの顔がうかびます。こわくなんかありません。毎日じっと見ているうちに、タンマはポリスケのしぐさをすっかりおぼえてしまいました。

「これでは違うんだ。一拍おくれないように、ポコポンポンのポーンポン、ああ、おらぶきっちょだなあ」

でもムササビだって、ひとの百倍は練習するんですもの。「負けてたまるか」タンマはいっしょうけんめい練習しました。

するとだんだん楽しくなってきました。腹つづみがこんなに楽しいなんて、思ったこともありませんでした。

次の晩も次の晩も、タンマは一人で腹つづみを叩きました。

「面白いなあ。ポンポコポン、ポコポンポン、スッポコポンのポコポンポン」

「ホーイ、ホーイ、ポコポンポン」

そんな声で手拍子を打ちながら、だれかが踊っています。踊りながらだんだん近づいてきました。

「あ、お地蔵さま！」

「うまいぞ、タンマ。いやまったくいい調子」

「えへへへ」

タンマはうれしそうに笑いました。が急にはっとかしこまって、

「ごめんなさいお地蔵さま、おらのために狸が池へ投げこまれてしまって。つめたかったでしょう。ほんとうにごめんなさい」

「ワッハッハ、わしがそんなことでへこたれるものか。しばらく水行をやってな、それからちょこっとあそばしてもろうてきた。いや自由というのはいいもんじゃ。ハッハハ、どれ仕事にかかろうかい」

お地蔵さまは、タンマの横ににっこりと立ちました。

「どうだ。地蔵はよかったかな?」

「はい、ごちそうがいっぱい食べられました」

「ほう、それはよかった」

「友だちがいっぱいできました」

「ふんふん、それはよかった」

「でも」

タンマはしゅんとしました。

「おら、婆ちゃんを病気にしてしまいました。看病したくても狸には戻れません」

「ばかもの!」

お地蔵さまは、雷さんのような声を出しました。

「タンマ、いそげ。三、七、二十一日、お前は虎狼にも負けず、じっと立っておったのじゃ。これ以上じっとしていたら、お前はほんとうの石になってしまうぞ。走れ! いそげ!」

「はい!」

タンマはとびあがって、地をけりました。そして風を切って走り出しました。

「婆ちゃーん、おら帰るぞうー。みんなあー、おら祭りにまにあうぞうー」

タンマは走りながら叫びました。もうやせっぽちのタンマではありませんでした。

春は夕ぐれ

急に犬が激しく吠(ほ)え出しました。玄関の窓をあけてみましたが、誰もいません。それでも犬は、すごい勢いで吠え続けます。縁先につながれているのですが、声が大きいのでこわがる人が多いのです。

「リュウ！　うるさいでしょ」

私は門まで出てみました。すると門の外に二人の少女が立っていました。春の夕ぐれのことです。

ボーイッシュな髪型の浅黒い顔で、茶色と白の横縞(よこしま)セーターの女の子と、色白で長めの髪に、真白いセーターを着た女の子です。一瞬、二人ともよく似た顔だなと思いました。パッチリとりはつそうな目、筋の通った鼻が同じようなのです。

「何かご用？」

「あのう、わたしたち童話の先生に会いたいのです」

ドキッとした私は、とたんに言葉もしどろもどろです。

「童話を書いているのは私ですけれど。でも先生じゃありません。ただ書いているだけで、ただのおばさんで、もうおばあさんか。とにかく、まあお入りなさい。ちょっとお上がりなさい」

我ながら恥ずかしくなって、

「リュウ、いつまで吠えるの。お客様でしょ」

などと、大声を出しながら玄関にとびこみました。二人もついてきて、ドアをしめました。私はスリッパを二つ並べると、

「さあ、どうぞ」

といってから、急いで台所へ行きました。じゃがいもやにんじんがほどよくにえ、

魚も焼けたようです。私がガスを消して戻ってくると、二人は玄関に立ったままです。

「どうぞ上がってください」

「けっこうです。もう夕方なので、ちょっとお話を聞いて帰ります」

と、横縞セーターの少女がいいました。

「あらそう、家には病人がいますけれど、少しくらいなら上がっていただいていいのよ」

二人は顔を見合わせて、

「ここでけっこうです」

と、言いました。それで私は玄関の電灯をつけました。少女たちの眸(ひとみ)が、ピカッと光りました。

横縞の少女が、鉛筆とメモを持っています。

「今晩のおそうざいは、あじのひものですか」

「あら、よくわかるのネ」

「匂いでわかります」

少女はにっこりして、メモに書きこみました。

「ちょっと待って、まだあるわよ。じゃがいもとにんじんのにつけ。ゆでたいんげんと玉子焼き。みんなすりつぶして、春の色にするのよ。若草色に、黄色や赤の花が咲いたようにネ」

「野菜、春の色」

と、少女がメモします。なんでこんなことになってしまったのか。私はせきばらいを一つしました。

「で、話って何ですか」

「わたし、将来童話作家になりたいのです」

横縞の少女が、はきはき答えます。白い少女もコックリうなずきます。すらりとした二人が、胸をはっています。

「あら、そう。まあそれは……で?」

「童話って、何を、どういうふうに書いたらいいんですか」

「それは、ねえ」

私はまったく困ってしまいました。今まで、あまり考えたこともありませんでした。それで、よい答えもうかびません。

「何でもいいんじゃないの。思ったこと、考えたことを書けば。でもあなた方は何年生?」

「あと三日だけ、六年生です」

「あら、卒業なのね。それであなたのお名前は?」

私は今まで黙っていた白い少女にききました。

「野原ミイです。美しいという字と、以上の以を書きます」

「あら、すてきな名前!」

「わたしは林恵子です。恵みという字ですから、平凡なんです」

「そんなことないわ。あなたもいい名前よ。でもミイちゃんにケイちゃんなんて、ピンクレディみたいね。それで仲良しなんでしょ」

二人とも首をかしげています。

「ああ、もう古いか。あのアイドル歌手も」

私はがっかりしながら、でも新しい少女たちとの出会いが嬉しくてたまりません。

ケイちゃんは私をまっすぐ見てききました。

「童話にネコのこと書いていいですか」

「もちろんよ。でもネコばかりじゃなくて、タヌキやキツネや犬や小鳥や、人間も書いたほうがいいと思うわ」

「わたし、ネコのことしか書けないんです」

「もちろんそれでもいいのよ。それでケイちゃんは、もう書いてあるのね」

「はい、見てもらえますか」

「そうね。何枚くらい？」

「七枚です」

「まあすてき、ちょうどいい長さよ。ミイちゃんは？」

「わたし書いたのはありませんけど、これから書きたいと思います」

「そう。じゃあ二人とも卒業式のこと書いていらっしゃいよ」

「感想ですか」

「でもいいし、ありのままを書いてもいいし、二人で持っていらっしゃいな。その時ネコも読ませてもらうわ」

「はい」

はっきりと返事をした二人に、すっかり嬉しくなった私は、『ゆめいちもんめ』の本を三冊ずつ持ってきて渡しました。

「私たちの作っている本なのよ。かわいいでしょう。いつもネコの表紙なの。さしあげるわ。読んでください」

二人は目を輝やかせてペラペラと頁（ぺーじ）をめくり、お礼をいって帰りました。

「あ、ちょっと。あなた方、どうして私のこと、知ってるの？」

別れぎわに思いついて尋ねました。黄色いれんぎょうの花のそばで、二人は顔を見合わせ、やっぱりケイちゃんが答えました。

「文房具屋さんの珠代ちゃんからきいたのです」

「ああ、そうだったの」

珠代ちゃん、珠代ちゃんとくり返しながら、小川文具店には、中学生のお嬢さんがいるな、と私は思いました。

それから、三十分もたったでしょうか。また、犬がひどく吠えました。今度は縁側のガラス戸から覗いてみると、グレイの帽子とカーディガンを着たお婆さんです。

〈おやっ？〉

私は首をかしげました。お婆さんは伸び上がって、門柱に本を置き、さっと消えました。

不思議に思って出てみると、何と今あげたばかりの『ゆめいちもんめ』の本が、一枚の八つ手の葉の上においてありました。あわてて道に出ましたが、誰も通りません。灰色のネコが一匹、ゆっくり去っていくばかりです。私は本をとり、八つ手の葉を庭にほうり投げました。

私がしょんぼり帰ってきたので、

「どうしたの」

と、ふとんの中の母がききました。

「あの子たちのお婆さんらしいのよ。今あげた『ゆめいちもんめ』そっくり門の上においてっちゃったわ」

「非常識だね」

「家に帰って叱られたのかしら？　童話なんて書く暇(ひま)があったら勉強しなさい、なんていわれて。それとも私がいい気になって宿題なんか出すので、いやになったのかなあ」

どちらにせよ、自分で来てほしかったのです。光がさしたように嬉しくて、わく

わくしていた私は、その分だけがっかりして、

「あーあ、返せばもともと、赤の他人か」

「非常識だね」

もう一度、母はつぶやくようにいいました。


何日かたって、私は小川文具店に原稿用紙を買いに行きました。

「お宅のお嬢さん、珠代ちゃんてお名前ですか」

と、私はききました。すると奥さんは、笑いころげていうのです。

「いやですね。タマヨはうちのネコの名前ですよ。美代子が変な名前つけるものだから……」

「あら、ニャンちゃんだったの。タマヨちゃんは」

と、私も笑い出してしまいました。

……夕ぐれになると、私は食事のしたくをすませ、ほんの少し庭の草むしりに出

ます。

緑の草をとると、芝生はまだ枯れ色です。リュウがしっぽをふって、「クウクウ」と甘えています。庭隅（にわすみ）の植木の下の細いやわらかな雑草を抜いていると、私が捨てた八つ手の葉が落ちていました。よく見ると、爪あとが何列も並んでいます。

ミイちゃん、ケイちゃん、もしかこないか。

私はチラチラと門の方を見ます。でもかいどうの花が、夕ぐれ色に青く染まっているばかりでした。

夕日が丘三番地

一

山の麓の小さな喫茶店で——

私がキツネの紺三郎からきいた話です。

その頃、紺三郎にはとても心配なことがありました。それは彼の声が、だんだん小さくなってゆくらしいことでした。

紺三郎は、電車の切符を買うたびに、いやな思いをしました。

「荻島一枚下さい」

「鬼島」

「荻島です」

「どこ！」

「オギシマ！」

せいいっぱい叫びます。駅員はようやく切符をとり出すと、おつりといっしょに乱暴に放り出します。

「こん蓄生、だいたい切符売場をガラスばりなんかにするから聞こえないんだ」

紺三郎はカッカとしながら、電車にのります。電車にのっても、少しも楽しくありません。

ですから切符が自動販売機で買えるようになると、じつにうれしくなりました。

紺三郎は、細い指で、お札をそっと機械に入れました。スルスル、ジー、チャリチャリン。ああ、おつりまで出てくるなんて。紺三郎は小銭をポケットに入れ、大事に切符を握ります。それが印刷の墨の滲んだうすべったい切符であっても、彼にはすばらしい切符でした。なにしろ一声も出さないですむのですから。

ところがある日、紺三郎は八百屋さんで、とてもおいしそうなリンゴに出会いました。

「リンゴ、三つください」

彼は弾んだ大声で、リンゴを指さしました。八百屋さんは黙って、リンゴを六つ袋に入れました。

「あの、三つですけど」

「三つ！　はっきりいってくださいよ。こっちは忙しいんだから」

八百屋さんはいやな顔をして、リンゴを三つ、袋から元の場所へ返しました。

するとと今まであんなに輝いてみえたリンゴが、ただの固いかたまりに思えました。それは三つとも、すっぱい味でした。

紺三郎はスーパーマーケットへ、買い物に行くことにしました。少し遠いけれど、そこなら自分の好きな物を手にとって、籠(かご)に入れればよいのです。レジに行列を作るのは少しやっかいですが、でも一声も出さず買い物ができます。

紺三郎は大好きな鳥肉と、コーヒー、パセリ、キュウリとトマト、ポップコーンなどを買いました。四つ葉のクローバの模様(もよう)のナフキンも買いました。これで紺三郎の心配はすっかりなくなったように思いますが、ほんとうはますます心配になってきたのです。というのは、まわりのキツネたちが妙によそよそしくなってゆくからでした。

ある日、道で友だちの昆太(こんた)に会いました。

「ヤア」

「ヤア」

「久しぶりだね。元気かい」

「元気だよ。君はどうしてる?」

「元気ないじゃないか。どうしたんだ」

「どうもしないよ。君こそどうしてる?」

「やっぱり元気ないぞ。どこか悪いんじゃないのか」

昆太が顔を覗きこむので、紺三郎は腹を立ててどなりました。

「どこも悪くないったら! おれは元気のコンコンチキだ」

「やっぱり病気だなあ。顔色も悪いし、第一そんなに無口になるなんて。キツネ病かもしれないぞ」

昆太は紺三郎の肩を叩いて
「ほんとうに病院へ行ったほうがいいぜ」

と、行ってしまいました。紺三郎は体中がビリッとして、急いで帰ってくると、ふとんをかぶって寝てしまいました。

次の朝目が覚めると、頭がズキンと痛みました。風邪かなと思って体温計をくわえましたが、熱はありません。
紺三郎は「えいっ」と声をかけてとび起き、コーヒーとパンとゆで卵を食べました。朝食を食べながら新聞を開くと、広告のチラシが何枚も落ちました。デパートやスーパーの安売り、指輪やお皿の通信販売、家具店の売り出しも入っています。その中の一枚に、青一色のうすいチラシが入っていました。

「声の消えそうな方、入院に応じます。
　夕日が丘三番地　キツネ病院」

「うっ」
紺三郎は危くパンがのどにつまりそうになってむせました。それからチラシをつかむと、部屋中をとび回り、テーブルをトントン叩き、窓をあけたりしめたり、その後やっとトラベルバックを持ってきて、衣類や歯磨きや石けんなんかをつめこみ、ふーっと深い息をつきました。

二

海がキラキラ見えました。ずい分遠くまで来たもんだと、紺三郎は思いました。

「夕日が丘三番地、キツネ病院を知りませんか。どうぞ教えてください」

紺三郎の胸から、ボール紙が下がっています。そう書いてありました。彼がとび歩く崖には、真赤な彼岸花が、あちこちに咲いていました。段々畑に、キツネのお百姓さんが耕していました。紺三郎は帽子をとって、ていねいにおじぎをしました。お百姓さんはうなずくと、山のほうを指さして、

「この道です。つき当りです。すぐわかるです」

と言って、またすぐ鍬をふりあげました。紺三郎はていねいにおじぎをして歩き出しました。道が細くなり、白い芒が多くなって、それを分けながら進みました。

すると山の上の広い原っぱに出ました。見渡す限り小さな穂草が風になびいて、とても気持ちよい原っぱです。そこに古い木造二階建ての建物がありました。ペンキもはげ落ちて、何色かわからないくらいでした。

〈あれだ。あれだ〉

紺三郎はそう思いながら、ホッとしました。何だか田舎（いなか）のおばあちゃんに会ったような、なつかしい気持ちになりました。

「ごめんください」

紺三郎は誰もいない受付に向かって、声を出しました。奥からキツネの看護婦さんが出てきました。

「ご入院ですか」

紺三郎はていねいにおじぎをしました。

「では診察室（しんさつしつ）へどうぞ」

紺三郎はおそるおそる診察室へ入ると、年とった白ギツネの院長先生が、回転椅子（かいてんいす）をぐるっと回してこちらを見ました。

「やあ、今日は。よく来ましたね」

紺三郎はまたていねいにおじぎをして、向かいあった椅子にかけました。それから、ドギマギしながら、自分の声がだんだん小さくなり、もう出ないらしいことを話しました。

「なるほど。いやそんなに心配には及びません。安心して入院してください」

紺三郎はすっかり感心して言いました。

「院長先生は、ほんとうに名医でいらっしゃいますね。ぼくの話が、みんなおわかりになるなんて」

「それはまあ、モチヤはモチヤというものです。今あなたの声はかすかですが、口の動きで私にはわかるのです。あなたの声が出るように、これから少し検査をさせてもらいましょう」

紺三郎はレントゲンや心電図や脳波や血液検査などして、病室に帰りました。

翌日、院長先生は、紺三郎の血圧や脈を計った後で、あっさりと言いました。

「やっぱり軽いキツネ病です。まあこの注射を、一サークルもするうちに治るでしょう」

「一サークルといいますと」

「二十一本です。じゃお尻へ打ちましょう。一番痛くないところです」

「えっ、ぼくはその、注射はどうもにがてで」

紺三郎は情（なさけ）ない気持ちでうつぶせになりました。チクッと注射の針がささりました。

「う、うっ」

声が出ないというのも、こんな時にはいいものです。

〈いったい何の注射だろう。やっぱり抗生物質だろうか。副作用なんかは大丈夫だろうか〉

毎日一本ずつ注射をされる度に、紺三郎はだんだん心配になってきて、ある日おそるおそる尋ねました。

「先生、こんなことをうかがうのは、大変失礼だとは思いますが、あまり気になって仕方がないので。すみません。この薬の名前を教えていただけるでしょうか」

「ああ、これね。ラブといいます」

「ラブ？」

「LOVE、つまり惚れ薬です。よく効きます」

「先生！」

紺三郎は叫びました。

「バカにしないでください」

「ああ、元気が出てきましたね。じゃあボツボツ夕日が丘を思いきり走りなさい。それから夕日に向かって叫ぶのです」

紺三郎はむっとして言いました。

「何て叫ぶんです」

「悪口雑言(わるぐちぞうごん)、何でもかまいません。いいですか。毎日ですよ」

院長先生は、どうも冗談(じょうだん)を言っているのではなさそうでした。キツネの看護婦さんもまじめな顔をして、院長の後について行ってしまいました。

三

紺三郎は、その日一日中ふてくされて眠ったふりをしていました。けれども夕方になると、ブツブツ言いながら、夕日が丘に出てきました。穂草や芒(すすき)を、やたらとけとばしました。

「なにが名医だ。あのヤブめ。森野今作(もりのこんさく)じゃあるまいし、夕日に向かって、バカヤローなんて叫べるか」

真赤な夕日が、トロトロと金色の海に沈んでいくところです。いつのまにか紺三郎は、俳優の森野今作のポーズで、すっかり彼のように叫んでいました。

「バカヤロー」

すると胸の中がすーっとして、なんだかいい気持ちになりました。

けれども毎朝院長に注射を打たれるたびに、腹立たしくてたまりません。それでまた、むしゃくしゃと夕日が丘を走り回り、夕日に向かって、ハアハアしながら声をふりしぼって
「バカヤロー！」

と叫んでは帰ってきました。

ある日、例の通り、紺三郎が夕日に向かって叫んでいると「バカヤロー」と、と

てもきれいな高い声が聞こえました。思わずふりむくと、バラ色の若いキツネが立っています。紺三郎は顔を赤らめて言いました。

「あなたですか。ぼくのまねをしたのは」

バラ色のキツネは、目をパッチリと輝かせました。

「私の声、あなたに聞こえたのですか」

「ということは、ぼくの声もあなたに聞こえたのですね」

二人は声をあげて笑いました。

「ぼく、紺三郎です」

「私、花野です」

「ぼくのほかにも走っていた方がいたなんて」

「あなたの後にずっとかくれていましたから」

「ずーっとですって」

紺三郎は夕日が丘を、ぐるっと見回しました。

いつのまにかコスモスがたくさん咲いていました。山のふちには、月見草もほっかり咲いていました。

〈きれいだなあ〉と紺三郎は深呼吸をしました。

「もう一回、二人で叫びましょうか」

「ええ」

「じゃあ、一、二、三」

紺三郎と花野は声を揃えて叫びました。

「あ、り、が、と、う！」

四

「わかりました。その美しいバラ色の花野さんが、あなたの奥さんなのでしょう」

と、私は紺三郎にききました。紺三郎は頭をかいて、

「それが、実はバラ色じゃなかったのです。あの時は、なにしろ夕日を浴びていましたからね。いや注射が効いたせいかもしれませんが」

「で、声の方は、その後いかがですか」

紺三郎はいたずらっぽい目をして、コーヒーの残りをゴクッとのみほしました。それからほんとうに楽しそうに、

「コーン、コン」

となきました。

「子ギツネ六匹、コンコンコン、花野はほんとにいいママです。では、さようなら」

まぶしかった日

一

一九三七年七月、日中戦争。日本と中国の長い戦争の始まりだった。

私は四年生、戦争なんか遠い国で、兵隊さんが勇ましく戦ってくれるものぐらいにしか考えていなかった。

長い夏休み中、学校では毎朝ラジオ体操があった。出席表のカードを首にかけて、みんな朝早く学校に行く。昇降口(しょうこうぐち)の受付で、用務員のおじさんが、出欠の丸いハンコを押してくれる。

その日はおじさんでなくて、太ったおばさんだった。黒い事務服の袖から、白い腕がにゅっと出ている。

「よく続けたわね」

と、おばさんが言った。八月二日だけ空欄で、あとはすべて出席だ。

「どうしたの、この日は」

「田舎のお盆に行きました」

「お盆？　あんた嘘ついちゃだめよ。田舎のお盆はもっとあとなんだから。寝坊しちゃったって、正直に言いなさい」

「でも……」

本当なのだ。本当だが、おばさんの剣幕に言い返すことができない。私はしゅんとした。

「惜しいなあ……よし、おまけだ！　もう少しだからがんばってきなさいよ」

おばさんは八月二日にも、ぽんとハンコを押してくれた。

私は黙っておじぎをして、カードを受けとった。二学期始め、宿題といっしょにこれも先生に提出するのだ。得したような損したような、なんだか変な気持ちだった。

週番の先生が号令台に立って、ラジオ体操が始まる。だがいつものようにすがすがしい朝にはならない。心の中が、まだブツブツ言っている。空欄の八月二日、私にはすてきな朝だったのに……小さな四角い空白は光っていたのだ。紫色の丸いハンコで消されたくはなかった。

二

毎年八月一日がくると、私は母の故郷の武蔵野の小金井へ、お盆詣りに行く。この地方は昔、養蚕地帯でカイコが一段落したこの時期に、お盆行事が行われていた。

養蚕がすたれて、今はお盆の風習(ふうしゅう)だけが残っていた。

父母と三人で、田舎に行くのはとても楽しい。田舎といっても東京近郊(きんこう)なのだが、市電や中央線や多摩線など三回ものりつぐと二時間はかかってしまう。でも二時間ばかりで、そこはもう私のなつかしい田舎だった。

緑色の広い畑。うす暗い森や明るい林。青くかすんだ遠い山々。ほこりっぽい石ころ道にそって小川が流れている。水車がまわっている。萱(かや)が土手に茂って、夏草の匂いがむっとする。

三、四軒しか農家のないその道に、北向きの商店が一軒ぽつんとある。母の生まれた家の梶野(かじの)商店だった。食品、日用品など何でも売っていて、お米や肥料(ひりょう)も扱う大きな店だ。前には小川が流れ、小さな杉林に囲まれてお米の倉庫が二つ。そのむこうを中央線が走っている。

「キャアー、鈴子さーん」

急に従妹の絹代がうれしそうに叫んで、庭から走ってきた。それから「こんにちは」とペコンと頭を下げて私と並ぶ。

絹代は私より年下だが、弟二人で女の子がいないせいか、私に会うのがうれしくてたまらない。家に入ってあいさつをするのも待ち遠しく、あちこち私をひっぱりまわすのだ。

「ポチ、東京の鈴子さんだよ」

縁の下に飼っている犬にまずあいさつだ。

「こんにちは、ポチ」

ポチは起き上がって、しっぽをゆらゆら動かし私を見る。やさしい目だ。

「この間ポチね、水たまりで蛇と格闘したの」

いきなり私は度肝をぬかれる。

「勝ったのどっちだ？」

絹代が得意そうに尋ねる。

「うーん、ポチ」

「鈴子さん、どうしてわかるの？」

「絹代ちゃんの顔に書いてあるもの」

「うっそ」

　絹代は顔を手でこすりながら、風呂場の裏手の杉木立の中にある池に案内した。濁った池のまわりを紫陽花が囲んでいる。花をつけたまま枯れてしまった紫陽花もうなだれている。

　その茂みにいた蛇は、ポチに烈しく吠えられて、雨水でできた大きな水たまりに逃げこんだ。犬は水たまりのまわりをぐるぐるまわって吠えたてる。水の中で蛇は鎌首を持ちあげ、犬に巻きつこうとすきをうかがっている。時々素早くくねりながら犬を攻撃しようと突進する。

　蛇が進めば犬は逃げ、犬が進めば蛇は逃げた。そしてじっと相手のすきをうかがっているのだ。大人も子どもも集まってきて、みんなで見ていた。ずい分長い時間、犬は吠えっぱなしだった。ついに蛇が攻撃にうつって、犬に巻きつこうとした一瞬（いっしゅん）、犬はさっと蛇の胴（どう）をくわえると、二三度強くふりまわし、土の上に叩きつけた。その一撃でぐたっとなった蛇を、犬は何度も叩きつけ、かみ殺してしまった。

絹代はこんなふうに話してくれた。

「凄（すご）いね」

私は感心して、ついてきたポチを見た。耳のたれた黒白の可愛い犬だ。いざとなればポチだって戦う。大嫌いな蛇だが、私も怖がってばかりはいられないと思う。

ポンプ井戸の洗い場から桓根の外に出ると、竹やぶが広がる。そのはずれが豚小屋だ。私たちは、「くさい。くさい」と言いながら、いつも豚を見にいってしまうのだ。太った豚が二頭いた。ブーブーなきながらえさを食べている。食べない時は眠っていた。

トタン屋根の下の木柵（もくさく）で仕切られた小屋。本当は豚も清潔（せいけつ）好きなのだ。でも細目丸顔の鼻の先がバラ色にぬれて、汚れた豚の体は変に生々しく可愛いのだ。いい顔してる。と私はいつもひそかに思っていた。残飯を食べてくれるから、田舎ではどこの家でも飼っている。

「鈴子さん、豚肉好き？」

絹代がふり返って急にきいた。

「好き。おいしいもん。絹代ちゃんは？」

「嫌い。もうすぐこっちの豚もいなくなるの。村上さんが、目方計って連れてっちゃう」

「村上さんて？」

「豚の仲買人（なかがいにん）のおじさん」

「かわいそう。なかなか大きくならないといいね」

「うん」

絹代ちゃんの細い目が笑った。絹代ちゃんも豚が好きだったんだ。

緑色のイガイガの実がなっている栗林を走りぬけて庭に入る。庭の南と東に、樫（かし）の木が並んでいる。ずんべらぼうに幹が高くて、上の方だけ垣根のように結んであった。台風を防ぐためだときいたことがある。

南の樫の外側は、黄色い夏菊やダリヤやカンナなど、はでな花がたくさん咲いている。

東の樫の木の外には、木造倉庫が三つ建っていて、一つはトラックやオート三輪などが入っている。まん中の倉庫は雨戸がしまっているが、いつも半分くらいはあいている。肥料や飼料の俵や袋が、高く積んであった。私はあの俵の上に登ってみたくてしょうがない。二人がそっと入っていこうとすると、中から番頭さんが出てきた。

「だめだよ、入っちゃ。奥にこんな青大将がいるぞ」

と、指で輪を作った。私はとび出した。

「絹代ちゃん、ほんとに青大将いるの？」

「知らない。でもどこにでもいるから」

「えッ怖くない？」

「怖くないわよ。青大将は悪さしないもの。番頭さんなんか頭を押えてつーっと皮をむいて、かばやきにして食べちゃうんだって」

私は吐きそうな気がした。

「もう探険ごっこは終わり。なわとびしよう」

私がそう言うので、絹代はゴムなわを持ってきた。輪ゴムを長くつないであって、樫の木が二本でお持ちになってくれる。「おたーめし」とだんだん上にとんでいけばよいのだ。絹代はスマートで身が軽い。二人ともいい勝負だった。でも私の吐き気はムカムカおさまらず、といって吐くほどのものでもなかった。なんだか疲れて、私はしゃがみこんでしまった。

「どうしたの」

絹代が心配そうに寄ってきた。

「暑くてムカムカするの」

「おばさんに言ってこようか」

「いいのよ、暑いだけなんだから。うちのお母さん、心配性だから言わないで」

「じゃ、体冷やしに行こうか」

「どこへ?」

「ひみつ。みつかるとおこられるからね」

絹代は声を落として歩き出した。そして青大将の住む倉庫のとなりの雨戸を、ドアのように前に引いて開けた。

ぎょっとした。そこにはぽかっと暗い深い穴があったのだ。石段が下に続いている。絹代はドアを半開きにして、慎重(しんちょう)におりていった。二段三段四段五段、真暗で目が見えなくなってくる。十五段もおりた。

ふり返ると光が入り口から線のように降ってきて、その中にみじんがいっぱいうかんでいる。穴の底は土だ。壁も土、天井も土、角ばった穴の中で赤土の匂いがじーんとする。寒いくらい涼しい。

「鈴子さん、こっちへおいでよ」

右へ曲がる。暗さに目がなれてきた。少し歩くと行きどまりだ。低い横穴があり、大ざるにゆでまんじゅうやうどんが保存されていた。元の通路に戻り、もう一つ奥の道を見る。今度の道のほうが広い。たくさんの西瓜（すいか）が並んでいる。左にも曲がる道がある。入ろうとすると後から、

「鈴子さん、戻るよ」

と、絹代の声が反響（はんきょう）した。

ここは天然（てんねん）冷蔵庫だと私は感心した。毎日、氷を入れて冷やす家庭用冷蔵庫とはスケールが違う。こんな涼しい所があるなんて、思いもよらないことだった。

「涼しいねえ」

「吐きそうなのなおった？」

「うん、なおった」

「じゃあ、おまんじゅう食べようか」

絹代は石段に近い穴へ戻り、ゆでまんじゅうを一つとって私にくれ、自分も食べ

始めた。口の中まで冷たくなってとびきりおいしい。それにしても、こんないい所へ入るとなぜ叱られるのか。

「この地下室へどうして入っちゃいけないの?」

「ここね、地下室じゃないよ。穴倉なの」

「穴倉っていうのかあ」

「子どもが入ると死んじゃうかもしれないって叱られた」

「だれに?」

「お父さんにもおじいちゃんにも。だから内緒よ。死神さまが、穴倉の奥の方で眠ってるって。見つかったら大変だって」

穴倉の奥の方で、ピカッと目が光ったような気がした。寒くなって、二人ともふるえながら外に出た。そっと扉をしめて、知らん顔して歩き出す。急に暑くなった体がだるい。

三

「絹代ちゃん、あ、そ、ぼ」

　近所の信子ちゃんと文江ちゃんが来た。絹代の集団登校の上級生で、私と同い年だ。私がここへ来ると、きっと遊びにくるのだった。絹代は面白くなさそうな顔になった。私のほうはうれしくなる。信子は色が白く目鼻立ちが涼しい。文江は色が黒くぱっちりと大きな目をしている。

「東京の鈴子さん、東京の話してよな」

　と、二人は縁側に腰かけて目を輝かすのだ。毎度おなじみの話なのだが、文江ちゃんが催促する。

「鈴子さんたちの運動会さ、学校でしないんだよね」

「そうよ。芝公園のグランドでするのよ」

「お客さんの席、高い所だっていうべ」

「椅子があるんだよな」

「だからさ」

私は犬走りのコンクリートにろう石で楕円形をかき、グランドの様子を略図を書きながら説明した。

「凄いな」

二人共嘆息をつく。

「芝公園て、とっても広いのよ。ブランコや滑り台や砂場や藤下りや、そういう遊び場もあるしね。弁天様の池には蓮の花が咲いて、鯉が泳いでて、小さい島にカメがいっぱいいる。

それからつつじ園にはつつじがいっぱい咲くの。猿と小鳥の檻が二つあってね、猿は食べ物をやると、皮をむいて食べるのね。だから誰かがらっきょうやると、むいてもむいても皮ばかりでしょ。しまいにキャッキャ怒り出すのよ」

「アッハ……」

と、みんなが笑う。

「それからね、滝（たき）も流れてるの。滝の水が流れてゆく下のところに石がとびとびにあって、水に入るといい気持ちよ」

「いいなあ。それから」

「それからね、山の上には五重塔（ごじゅうのとう）があってね、その辺に桜が咲くんだ」

「ふうーん」

「山の下は梅林よ。梅林のとなりの広い所で権現様（ごんげんさま）のお祭があるの」

「たいこの山車（だし）ひく?」

「おみこしや山車じゃなくてね、見世物がいっぱいでるの。サーカスが来てテントはってね、女の子がキラキラ光る洋服着て馬に乗ってさ、テントのまん中の舞台の上をぐるぐる走るの」

「すごーい」

「でも空中ブランコはもっと凄いわ。高い所を、あっちからこっちへ逆さになってとび移ったり、綱渡りしたり、ドキドキしちゃうわよ」

「サーカスなんて見たことないね」

信子ちゃんが文江ちゃんの顔を見る。

「虎が、燃えてる火の輪をくぐったりするわよ」

「ひえー。やっぱすごーい」

「サーカスじゃないけどさ」

私はオートバイが大きな大きな樽の中をぐるぐるまわって、お客の見ている上まで倒れそうになって上がってくる曲芸なども話し出す。二人は驚いて、「それから」「それから」ときりがない。

「芝公園には増上寺ってすごく大きいお寺があるの。徳川の将軍様のお寺よ。だから大きな二階建ての赤い門、びっくりするくらいりっぱだわ。増上寺のとなりがおたまやよ」

「おたまやって?」

「将軍様のお墓。二代将軍秀忠とか、六代将軍家宣とか、七代将軍家継とか、ええと、十四代将軍家茂とか、ええと、あと……」

私がうなっていると、信子ちゃんが感心したように言った。

「鈴子さん、よく知ってるね。どうして?」

「散歩しておたまやの前通る時、お父さんが教えてくれるの」

秀忠、家宣、家継。家茂の前に二人ぬけている。たしか六人の将軍がまつってあるが、思い出せない。まあ、いいや。私はにこっとして言った。

「おたまやの前の牡丹桜、とってもきれいなんだ。そうだ。たまに映画のロケーションがきてね。お侍やお姫様がいたりするの」

「ふえー、映画かあ。いいなあ」

みんなゴクンとつばをのむ。私は胸を張って答える。

「いいでしょう。私、芝公園で毎日遊んでるもん」

四

八月二日、夜明け。私は父に自転車の後ろにのせてもらって遠乗り(とおの)をした。畑をよぎり、長いくぬぎ林をぬけ、小さな町を越え、桑畑も通り、遠い多摩川の河原に出た。

まだ誰もいない。ザアザアと川音だけがひびいている。自転車からおりて、堤防(ていぼう)をおりた。河原の大きな石ころを、ザクッザクッとふみながら流れの近くまで行った

川はゆったり流れている。美しく澄(す)んで青い。私は浅瀬(あさせ)の冷たい水に手を入れて、水をすくったりして遊んでいた。父はそばにしゃがんで、タバコをとり出し、おいしそうに吸った。そして、鼻から煙をはき出すと、

「田舎はいいなあ」

と、しみじみ言った。

「田舎はいいねえ」

と、私も答えた。

「畑もあるし、きれいな川もあるしな」

父はキュウリやナスを作りたいに違いない。釣（つ）りもしたいんだ。私はつられて、

「穴倉だってあるし」

思わず言ってしまって、はっとした。父の目が面白そうに動いた。

「鈴子、穴倉へ入ったのか」

「はい」

叱られる。早いことあやまってしまおうか。私は頭を下げた。

「ごめんなさい。もう入りません」

「どうして？　涼しくて気持ちよかっただろう」

「うん、すっごく涼しかった」

「誰と入ったんだい?」

「絹代ちゃんと。でも子どもが入ると叱られるんだって。だからひみつなの」

「ひみつかあ」

と、父は笑った。叱られそうもない。私はうれしくなって、おしゃべりになった。

「お父さん、おじさんやおじいちゃんたらね、絹代ちゃんに変なこと言っておこるんだって。だってさ、死神様が穴倉の奥のほうで眠ってるって。見つかったら大変だって。ねえ、そんなこと嘘でしょ」

「本当だぞ」

と、父は真顔で答えた。私は体が固くなるような気がした。

「あんな深い大きな穴倉が、梶野にどうしてあるんだろうと鈴子は思わないかい?」

「思います。不思議。冷蔵庫にするだけじゃ大きすぎる」

「そうだ。その冷蔵庫だよ。昔カイコを飼っていたころ、おじいさんが職人に掘ってもらったんだ。カイコがいつも新鮮なおいしい桑の葉を食べられるように、桑の枝を切って束ねて、あの穴の中へどんどんつめこんだのさ」

「大変なんだね」

「そう、大変な仕事だから男ばかりで女は入れなかった。穴倉はガスが湧(わ)いて中毒するからあぶない。男衆も桑の束をかついで、素早く石段を上がり下りするんだ」

死神様ってガスのことなのか、と私はうなずく。

「穴倉の横に倉庫があるだろう」

「うん」

青大将の倉庫だと私は緊張(きんちょう)した。

「あそこは昔、穴倉から出した桑の枝の葉っぱをしごいてもぎとる作業場だったんだ。おばさんもお母さんも、若いころ一生懸命働いていた所だよ」

「お母さんも」

私はびっくりして、父を見た。

「カイコを育てるのは、そりゃあ忙しい大変な仕事なんだ。棚(たな)をたくさん作ってこのめをしいて、その上に紙をしいて、朝、昼、夕方、夜中と一日四回も桑の葉をやるんだよ。

小さな赤ちゃんカイコは、こまかく切った桑の葉を夢中で食べる。ころころになって眠くなり寝てしまう。目が覚めると、また一生懸命食べ始める。四回も眠っては、そのたんびに大きくなっていく。大きくなると、桑の葉をそのままのせても、サアーッサアーッと食べて育つ。みんなで一生懸命食べてさなぎになって眠るまで、サァーッサァーッと雨が降るような音をたてて食べ続けるんだよ。

そのうちカイコは体中が透きとおってくるんだ。すると口から糸を吐き、上手にまゆを作ってゆく。カイコはまゆ玉の中に入って、美しい絹（きぬ）になる」

私は息をつめた。

「生き物は不思議に美しい」

父は独り言のように言って黙ってしまった。川の音がひびいた。

急に父がにっこりして言う。

「死神様に見つからないでよかったな」
私は目をみはってうなずいた。
月見草が咲いている。その向こうに波がキラキラ光って、川が生きているように
まぶしく走っていく。

（註　このめ＝竹であんだカイコをのせる敷台）

月夜の宅急便

一

ピーン　ポン

「今晩は。宅急便です」

「はい」

私は急いで印かんをにぎり、ドアをあけました。すると黒猫が、大きなボール箱をかかえて立っています。

「あら、まあ」

私がびっくりすると、黒猫は金色の目を伏せてていねいにおじぎをして言いました。

「秋野露子様はいらっしゃいますか」

「はい、私ですが」

「ではご本人に、たしかにお渡しいたします」

黒猫はボール箱を下において、

「ありがとうございました」

と、またていねいにおじぎをしました。

なんて礼儀正しい猫でしょう。

「ご苦労さまでした」

私も思わず頭を下げ、ドアをあけたまま見送ってしまいました。

黒猫は立ったまま歩いて門をあけ、ひらりとバイクにとびのると、ダダダダッと走っていってしまいました。

十三夜のまるい月が光っていました。

〈印かんいらないのかなあ。それにしても大きなダンボール。何が入っているのかしら？　わッかるい！〉

私はあわてて紙テープをはがして、中をのぞきました。

白いやわらかなうす紙に包まれて、出てきたのは、青いバラの造花（ぞうか）。どうりで軽いはずです。

私はうれしくなってテーブルにおきました。籐の花かごに、バラは九りん咲いていました。大きな花が二りん、花びらをそらせて開ききり、おしべもめしべもすっかり見えます。

青いバラはとても不思議な美しい色でした。空色と藤紫（ふじむらさき）とレモン色がまじって、ほのかにピンクも滲（にじ）んでくるのです。でも大きな花びらは一枚一枚風に吹かれたように波うち、今にもはらりと散りそうです。

あとの七りんは、小さめの普通のバラの形でした。でも、それを見ているうちに、私は腹が立ってたまらなくなりました。

だって七りんのバラの花びらは、ちりちりと枯れて、たれ下がって、先のほうはうす茶色に変わっているのです。たくさんついているはっぱまで、くたっとしています。

枯れた花束なのですよ、この造花は……。

娘の悠子が、キッチンから入ってきました。

「あら、贈りもの？」

「不愉快な贈りものよ」

私がムカついて答えるのに、娘はおかまいなし。

「わあ、アートフラワー。すてきねえ！」

「何がすてきなもんですか！　こんな古い造花なんてえんぎでもない。枯れた花なんか送ってくる人の気がしれないわ。失礼のきわみです」

私が赤くなって怒るので、娘は吹き出してしまいました。

「でもほんと。このバラの花まるで本物みたいに枯れてるわ。それに籠の編み目がすてきよー。鎌倉にでも売ってそうな感じ。どなたが送ってくださったの？」

あ、そうでした。あわてん坊の私は、贈り主の名前も見ずに開いてしまったのでした。でも、私はつんとすまして言いました。

「まだ見てませんよ」

「あらッ、名前も見ないで」

「あなた読んでちょうだいよ。眼鏡かけるのも、しゃくだからね」

「はーい」

娘は送り伝票を、ばかていねいにボール箱からはがしました。〈ぴっとはがしなさいよ、ぴっと〉と、どなりたいところを私はぐっと我慢しました。

「うすくて見づらい字よ。ええと、あ、お、き、ば、ら、ひらがなだけど、青木原さんかな」

「知らないわよ、そんな人。よその家と間違えたんじゃないの」

「お届け先はちゃんと、あきのつゆこさま」

それはそうです。たしかに黒猫も私の名前を確認したのですから。

「青木原、青木原、青木原……」知らない人の名を呪文のようにとなえているうち、私はクイズの答がパッととけたような気がして叫びました。

「青木原じゃない。青き薔薇だわ！　このバラそのもの」

「うふっ」

娘はまた楽しそうに言いました。

「ハンドルネームかしら？」

「気色悪い！　青き薔薇なんてそっくり捨ててしまいなさい」

「でもよくできてるわよ。もったいないわ」

「捨てなさい！」

娘には言わないのですが、黒猫が立って届けにきたのも、まことに怪しい。不吉なことの予告に違いありません。

ああ、こんな時、あの誇り高き雑種犬のリキさえいたら、黒猫なんぞ吠えまくって追い返してくれたでしょうに。九年もいっしょに暮らしたリキは去年死んでしまったのです。

こんな月夜はリキのことが思われて、私はとても淋しくなりました。

二

次の日は、よいお天気でした。

「こんないい日に家にいるのはおしいわ。ねえ、お母さん出かけましょうよ」

「どこへ」

「散歩よ。自然公園を通って霊園ぞいのほう」

「冗談じゃない。足も腰も痛くて歩けないわよ」

「歩かないからだんだん弱ってくるんでしょ」

「七十三のご老人の身にもなってごらん」

「七十三なんて、近頃は老人のうちに入らないわよ。九十になったら認めてあげます」

「あーあ、牛にひかれて善光寺詣りだ」

私はしぶしぶ腰をあげました。

じっさい私の足は、よたよたとバランスを崩しています。自動車が通るたび、娘は私の体を支え、道の端へよせます。

急な坂を下ると、自然公園がひろがっています。犬たちが綱を放れて、芝生の上をうれしそうにとび回っていました。大人しく自転車の籠にのせられ、走っていく犬もいれば、ちょこちょことときどって歩いている犬もいました。みんな生き生きと、ひたむきな目をしています。

ナップサックをしょって一心に歩いているおばあさんもいれば、マラソンで走っている若者もいます。青い空には、秋めいたさざ波のような雲が流れていました。すすきのふちに鴨が泳いでいる川を見ながら、やまべばしを渡りました。

「疲れたでしょう、お母さん。休みましょうか?」

「いいわ。林へ入りましょう。お母さん落葉の土をふむのが好きなんだ!」

林は林の匂いがしてよい気持ちです。紅葉はまだ早く、時々紅い実をつけた木にあいました。娘は椎の実を拾いながら歩きました。

それからバス道路に出て、民芸うどんのお店に入りました。実は私のひそかな目的は、このお店のおいしいうどんを食べにいくことでした。

チャンポンとクリームみつ豆を食べると、私はすっかりきげんがよくなって言いました。

「久しぶりに歩けたわねえ。そこからバスで帰ろうか」

「あら、ゆっくり休んだら、もう少し歩きましょうよ」

娘はアイスコーヒーを飲みながら、にやっと笑います。

「あなた何かたくらんでいるんでしょ。どこへ連れてく気？　か弱いお年よりを」

「それがどこだかわからないの。でももう遠くじゃなさそうよ。この住所を探そうと思って」

「げっ」

私は黒猫の運んだ送り伝票を見せられて、のけぞるようでした。

三

霊園(れいえん)沿いの道を歩き、何度も交差点を渡り、ビルの建つ広い道を通ったり、住宅の並ぶ裏通りを歩いてみたり、娘は根気(こんき)よく住所表示を見ながら探して行きました。

青き薔薇の家なんてわかりっこないのに、と私はフウフウついていきましたが、

「あった！」

街外れのその住所には、小さなお寺が建っていたのです。

赤い門を入ると小さな池があって、そのほとりに観音さまが子猫を抱いて、すらりと立っていました。足もとに三匹の子犬がすりよってきたように座っています。それは大きな石像です。でも導かれるように入っていくと、せまい道にお墓がたくさんありました。とても小さな墓石ですが、犬や猫の古いお墓ばかりです。愛犬ジローの墓、愛犬チロの墓、愛猫タマの墓、愛猫ミイの墓、愛、愛、愛、愛が溢れ出して「愛しきものよ　永久に眠れ」などと刻んだ石もありました。

みんな犬や猫をほんとに可愛がっていたのですね。でも私はリキが死んだ時、市役所の環境課に電話して、段ボールに入れたリキを花で埋めて、渡してしまっておしまいでした。廃棄物として、処分され灰になるのかと思いながら、お墓まで考えたことはありませんでした。リキにすまない思いがして、私たちは黙って歩きました。

一番奥に、大きな動物慰霊碑が建っていました。たくさんの花筒にコスモスが供えられて、黄色い蝶が花にまつわってとんでいます。大きな香ろには、お線香がけむっていました。

隣には実験動物供養塔がありました。その側に、黒猫と三毛猫がくつろいで目をとじていました。

「あれっ、あんたもしかして」

目をあけた黒猫はこちらをじっと見て、「ニャーゴ」と立ち上がり歩き出しました。時々ふり返って、「ニャーン」となきます。まるで案内してくれるようなのです。

二人とも黒猫の後をついていきました。猫はお堂の扉でまたふり返り、ガラッと手で戸をあけると中へ入ってしまいました。あとをしめないので、中が見えます。

金色の仏様の前に、金色に光る布の帽子をかぶったお坊さんが、ポクポクと木魚を叩きながらお経をよんでいました。

「動物のお寺でもお経をあげるのね」

と、娘がささやきました。

「入ってみようか」

私もそっと言いました。二人は静かにお堂の正面の椅子に腰かけて合掌しました。

　妙音観世音　梵音海潮音　勝彼世間音
　是故須常念　念念勿生疑　観世音浄　聖
　於苦悩死厄　能為作依枯　…………

よく響くきれいな声のお経です。清々しい気がしてきました。でもお坊さんの後ろ姿は、少し猫背でした。きっとお年よりなのでしょう。

お経が終ると、お坊さんは後ろ向きのまま言いました。

「何かご用かな?」

私は軽い咳払いをして言いました。

「昨晩、黒猫の宅急便が届きまして。依頼人がよくわからないもので、住所を訪ねて参りましたらこちらのようで……」

何だかしどろもどろ。娘が続けました。

「受取人は秋野露子です。差出人はあおきばらです。送り物も、青いバラの造花です。お心当たりはございませんでしょうか？」

お坊さんは「少しお待ち下さい」と経机の脇の台から和紙のつづりをめくりました。

「ありました。依頼人は、中型雑種犬、俗名リキ行年九歳ですね」

「え、リキですって！」

「どうしてリキが」

二人ともびっくりして、顔を見合わせてしまいました。

「リキは他の犬たちと、この裏の動物火葬場で灰になりました。でもリキの魂は阿弥陀様に守られてここで楽しく暮らしておりますよ。ご家族が思い出す度に、リキは自分の幸せなことをしらせたくて浄土のバラをつんで送ってもらったのです。

寺には宅急便のシステムもありましてな」

「ああ、リキ」

「だがどんなに美しい白バラも紅バラも、この世にふれると青ざめて枯れるのです。しかし浄土のバラには決してとげはありません。それはおわかりでしょう。生あるものは必ず死す。無常はこの世の姿です」

私は泪ぐんでうつむきました。娘がまた尋ねました。

「和尚さま、リキはどうして差出人に自分の名を書かなかったのですか?」

「青き薔薇は、リキの戒名なんです。浄土では、そう呼ばれて居りますよ。ちゃんと九本のバラで自分の年齢も示してあったでしょう。物言えぬあの子らも、知恵を出しますな。ご安心なさい。目には見えなくとも、リキの魂は元気に生きて居りますよ」

「ありがとうございます」

私たちは心から頭を下げていました。お坊さんはふり返って、私たちをじっとみているようでした。

「時おりはここへ来て、慰霊碑(いれいひ)にどうか花や香(こう)を供えてやってください」

「はい、必ず」

「青き薔薇もたいへんよろこぶことでしょう。わざわざ訪(たず)ねてくださって感謝(かんしゃ)いたします。

南無阿弥陀仏(なむあみだぶつ)　ニャムアミダブツ」

と、たしかにそう聞こえました。

思わず顔を上げると、茶色の衣を着た猫が合掌(がっしょう)したまま、目を細めて笑っていました。

狸御殿は大さわぎ

一

御殿山(ごてんやま)のふもとに、狸(たぬき)の家がありました。

六ＬＤＫのモダンな家です。花壇(かだん)には一年中花が咲いています。そして家の中からは、いつも楽しそうな笑い声が聞こえてきます。

「きれいだなあ。狸さんは幸せだなあ」

動物たちは門からのぞいては、うらやましそうに通ります。誰いうとなく狸御(たぬきご)

殿なんて名前がついてしまったほどです。


ある雨上がりの寒い日、狸たちはそろって出かけました。

お母さんは空色のマフラー、おばあさんは月色のマフラー、お姉ちゃんは虹色のマフラー、ター坊はお日さま色のマフラー、みんな暖かそうなマフラーをまいています。

お母さんは左手でおばあさんの手をにぎり、右手は背中へ回して、そっと体を支えていました。

「大丈夫ですか、おばあちゃん」

「大丈夫だとも。あんたがそうやって支えてくれるから、杖もつかないで歩けるよ。それにしてもありがたいねえ、今年も熊さんが見られるなんて」

おばあさんはにこにことゆっくり歩いています。

ハナちゃんもター坊の手をしっかりにぎっていました。

「ター坊、バス停まではどろんこ道だから、滑らないように気をつけるのよ」

「うん、わかってる。お姉ちゃん、ぼくたち町の映画館へ行くんだよね」

「そうよ。フーテンの熊さんの新しい映画だもん。笑わないと損しちゃう」

「ワァーイうれしいなあ。ぼく熊さんも面白いけど、帰りにファミレスへ行くのがとっても楽しみなんだ。ハンバーグとシュークリームとチョコレートパフェとオレンジジュースと、あと何食べようかなあ」

　ワイワイと楽しそうに、狸たちは行ってしまいました。

二

「しめ、しめ、今だぞ」

　さっと塀をとびこえたのは、しっぽのながーい黒猫です。

「鍵のかけ忘れはないかな。うん、玄関のドアは二重鍵。しっかりかかってるぞ」

ぬき足さし足、黒猫は家を一回り。どの窓も、きちんと鍵がかかっています。

「よし」と猫は東の窓にとびのると、ポケットからカッターナイフをとり出し、鍵の回りのガラスをスーッと切りました。切れたガラスは、ガチャンと下に落ちてわれました。

「おっとっと。音なんかたてちまって、失敗の巻だァ。何だか悪い予感がするなァ」

黒猫はわれたガラスの内側に手をさしこんで鍵をあけ、そろりと窓をあけて家の中に入りました。

そして、油断なく家中を歩き回りました。

まず二階から。廊下のドアをあけると、本箱、机、椅子が二つずつ。クローゼットのわきには、二段ベッド。子供部屋では入っても仕方がありません。

次の部屋はガランとして、道具もありません。でも細長い床の間には、白い花瓶に花が活けてありました。藤つるがくねって枝をのばした下に、真っ赤なやぶ椿が二りん。藤つるの実も二つたれています。猫はみとれてしまいました。花や木がとても好きだったのです。

最後の部屋には、洋服だんすや和だんすや、ハイチェストや三面鏡などがありました。猫は引き出しを、かたっぱしからあけてはちらかしました。

「チェッ！　どの着物の間にも、財布や金封筒なんか入ってないや」

がっかりして、三面鏡の上に目を移すと、大きな宝石箱がおいてあります。猫はよろこんで、

「ウーッ」とうなりました。

鏡には自分の姿がうつっています。なんてカッコいいと思いながら、ちょっと毛づくろいをしました。

「ふっふ、これさえあければ、ダイヤ、ひすい、サファイア、ガーネット……いろんな宝石がピカピカッと光るに違いない。なにしろここは狸御殿だ」

黒猫がわくわくしながら宝石箱をあけると、指輪やイヤリングやネックレスがき

れいに並んでいました。でもどれも安物の石やカットガラスや七宝焼ばかり。猫はくやしがって宝石箱をひっくり返し、荒々しく階段をかけおりました。

「あんなげて物ばかり大事に並べやがって、なんてこった！」

黒猫はカッカと頭へ血が上り、モーレツにおなかがすいてきました。

「フン、おれたち優雅な猫族に比べりゃあ、狸なんてもともと下品な奴さ。宝石の価値なんてわかりゃしねえんだな。だがあいつら、食い物にはたっぷり金をかけてることだろうよ」

そして、キッチンに入りました。どの戸棚もきちんと食器が並んでいて、お菓子はひとつも見当りません。

「きっと冷蔵庫の中だ」

黒猫はブツブツひとりごと。

「ハムとベーコン。和牛の大和煮、鰯の醤油煮、鮪のトロが残ってりゃ最高だがな」

けれど開いてみたら、スカスカのからっぽ。

「なんだい。ウーロン茶しかないのかよー」

黒猫は情けない顔になって、頭をつっこみました。ゴソゴソ。

「にんじん、キャベツ、ピーマン、アボカド。ちえっ、野菜ばかり食うなっていうの」

あ、チーズがありました。クロはチーズが大好物。よろこんで、ソファに来てなめはじめました。あんまりたくさんなめたので、舌がベトベトになり、歯にくっついたり、もぐもぐしているうちにトロトロ眠くなってきました。そしてソファにうずくまってくるんと丸くなり、とうとう眠ってしまいました。


どのくらいたったのでしょう。黒猫は、はっと目を覚ましました。もううす暗くなっています。

〈しまった。ずい分長いこと眠ってしまった〉

しばらく目を細めて、あたりの気配をじっとうかがいました。

それから起き上がってうーんと体をのばし首を回したとたん、しっぽをピンとあげ、緑色の目をらんらんと光らせました。

テレビ台のガラスの中に、大事そうに封筒に入った物があったのです。素早くとびかかってケースをあけ、封筒をとりました。四角くて、ズシッと重みもあります。開いてたしかめる時間もないので、「よし！」とポケットに入れました。

「さてと、現金はどこだ。大体この家には金庫がない。どこかに財布や貴重品袋がありそうなもんだが」

猫はあちこち、ちらかしほうだい。

「や、床の間の飾り棚に玉手箱があるぞ。きっと大切な物が入っているに違いない」

黒い大きな手文庫でした。金の蒔絵にらでんが入った秋の七草が画かれていて、とてもりっぱに見えます。

猫はふたをあけようとして、ちょっとためらいました。

「待てよ。うっかり玉手箱をあけて、じいさんになってしまったら元も子もないぜ」

しっぽを左右にふって少し考え、

「だがな、そいつは昔話だぞ。浦島太郎なんかにおどかされちゃあ、黒猫クロさまの男がすたるってもんだ」

猫は思い切って、ふたをとりました。

大きな固い封筒が入っています。黒々とした墨字で上書きがかいてあります。

柔道三段、狸三四郎教授殿
「ふえッ柔道三段の先生の家かよ。大変だ！　ぐずぐずしてたら帰ってきて投げとばされちゃうぞ」

黒猫はとびあがって、窓をあけ、一目散（いちもくさん）に逃げていってしまいました。

三

「面白かったね」

「おいしかったね」

ガヤガヤと、楽しそうに、狸たちが帰ってきました。

「遅くなってしまったけれど、お使いもできたし、みんなに荷物持ってもらって大助かりよ」

お母さんはカチャッと鍵を回しました。もう一つカチャッ。ドアをあけて、玄関の電灯もパチッとつけました。廊下の電灯、部屋の電灯、パチッパチッ。

「おかしいな、ドアがあいてる」

リビングに入ったとたん、お母さんはビクッとしました。あわてて、次の部屋次の部屋とかけ回り、フーッと座りこんでしまいました。

「どうしたの、お母さん。うわッ」

ハナちゃんも座りこんでしまいました。

「どうしたの、お姉ちゃん、うわッ大変、泥棒だァ!」

ター坊が叫びました。

「泥棒だって!　おやまあ、よくちらかしておくれだねえ」

一番最後に入ってきたおばあさんは、曲がった腰をしゃんとのばしました。

お母さんは深呼吸を一つすると、いつもの顔になって立ち上がりいいました。

「おばあちゃん、まず一一〇番ですね」

「ちょっとお待ち。その前に何をとられたか調べてごらん」

「そうですね。じゃあ急いで調べてきます」

ター坊は階段へ走っていきました。

「待って、ター坊!　泥棒は出てったかどうかわからないわよ。気をつけなくちゃ」

ハナちゃんもすっかりいつものお姉ちゃんになって、ター坊の背中をひっぱりました。

「そうそう。静かに上がるのよ」

お母さんもそういいながら、階段をミシッミシッと上がっていきました。お母さんは、少しばかり太っちょなのです。

× ×

しばらくたって、みんなはキッチンのテーブルを囲んでいました。

「おばあちゃん、ぼくたちの部屋ちらかってない」

「そうなの。泥棒入らなかったみたい」

「子供部屋じゃしょうがないと思ったんだろうよ」

「本なんか持ってっても勉強しなくちゃなんないしなあ」

フフフとみんな笑いました。

「客間はどうだった?」

「押入れはあいてましたけれど、お布団はそのままでしたわ」

「そりゃあよかった」

「でも東の部屋はもうめっちゃめちゃ。片付けるのが大変ですよ」

「何かなくなってるかい？」

「いいえ、なんにも」

「貴重品は？」

「それが押入れのかくし戸棚は気付かれないで、ちゃんとあったんですよ」

「よかった、よかった。私の部屋の現金も無事でしたよ。狸のかくし戸棚をみつけるのは、ちょっとほねだからね」

「じゃあ泥棒は、骨折り損のくたびれもうけってとこかしら」

「あ」

と、ハナちゃんが立ち上がりました。

「タロットカードがない。ちゃんとそのテレビ台のガラスの中においといたのに」

「いいじゃないの、あんなもの。どうせただでもらったものでしょ」

「お母さんひどいよ。クイズで当たったから送ってきたのよ。大事なのよ」

「お姉ちゃんタロットカードのやり方わからないっていったじゃん」

とター坊がいったので、みんなはまた笑いました。

「じゃあ、一一〇番しますね」

「はい、お願いしますよ」

お母さんが受話器をとりました。

「もしもし、こちら御殿山の狸の家ですが、空巣に入られました。いいえ被害はないんですがすごいちらかりようで、一応お届け致します。はい、わかりました。そのままにしてお待ちして居ります」

〈お巡りさんが来るんだ。白バイかなあ。パトカーかなあ〉

ター坊はわくわくして、スキップしたくなりました。

四

すぐにパトカーが走ってきました。赤い電気をピカピカつけて、サイレンの音が狸御殿の門の前に止まりました。

ター坊がとんでいくと、犬のお巡りさんが三人、パトカーからおりてきました。

お母さんが出迎えました。

「やあ、今晩は。大変でしたね。失礼しますよ」

ラブラドール・レトリバーが、ゆったりと玄関に入りました。シベリアン・ハスキー。シェパードがつづきます。さっそうとかっこよくて、ター坊はワクワクしました。

三人は家中をていねいに見回り、クンクン匂いをかいだり、足あとを計ったり、指紋(しもん)を見つけようとしたりしています。

ラブ警官が戻ってきて、紙を出していいました。

「すみませんが、これにご家族の指紋をとらせてください」

「あら、犯人みたいですこと」

お母さんがおどろいていいます。

「いや、たくさんの指紋があるので、泥棒のを区別するためなのです」

みんな朱肉をつけた指を、ペタンと押しました。

「ありがとう。ところで、本当に何もとられていないのですか？　宝石類とか……」

「いいえ、何も」

「家にはそんな上等なものございませんので」

お母さんとおばあさんは、顔を見合わせて、くっくっと笑いました。

「とられたものあるよ」

と、ター坊がいいました。

「なんだい？　坊や」

「タロットカード。ねえお姉ちゃん」

「ええ、クイズで当たって、賞品に送られてきたばかりのものです。そのテレビ台のガラスケースの中に入れておいたんです」

「ははあ」

ラブ警官はニコッとして、被害品の項に、タロットカードと記入しました。

シベリアン・ハスキーとシェパードが調べ終わって集まりました。

「テレビ台の指紋は、はっきりとれます」

と、シェパードがはりきりました。

「まあ皆さん、ご苦労さまでした。お茶でも召し上がってくださいな」

おばあさんが椅子をすすめ、お母さんが紅茶とクッキーを出しました。

「おいしいクッキーですの。さっき買ったばかりですのでどうぞ」

「いやいやおかまいなく……しかしせっかくだからいただきましょうか」

犬のお巡りさんたちは、おいしそうに食べました。凛凛しい顔が優しくなって、みんなでいろいろな話をしてくれました。

犯人は足跡からして、小動物と思われる。玄人なら釘一本で簡単にドアをあけて進入するが、窓ガラスをわって入ったところをみると、プロではなさそうだ。近頃少年が小遣いかせぎに荒っぽい仕事をするので、その類いとも考えられる。タロットカードなどをとっていくのは年少者に違いない。

「お宅の庭は、植込みが多すぎないでしょうか。とくに窓辺や塀ぎわを、外から見えないようにしていては、泥棒のよいかくれ場所となります」

シベリアン・ハスキーは、考え深そうにいいました。

「私たち植木が好きで、ついふえてしまいます」

と、おばあさんが答えます。

「それに、息子が若死にしてしまって、女世帯でしょ。手が行き届きませんで」

「それは大変ですね。こんな大きなお宅を管理するのは」

一瞬、みんなしーんと黙りこみました。

ラブ警官が、顔をあげてたずねました。

「息子さんは、柔道をされてたんですか？」

「ええ。強かったんですがもう役には立たなくて」

「しかし今回は充分役に立ったようで結構でした」

ラブ警官は、にっこりとうなずきました。

「あら、ほんとうに」

おばあさんとお母さんは顔を見合わせて、

「ホホホ」と笑いました。

「被害がないのはなによりでした」

と、シェパードもうれしそうです。

「後で何か被害に気がつきましたら、おしらせください」

お巡りさんたちは立ち上がり、「御馳走さまでした」と、帰っていきました。

「さようなら！」

ター坊は手をふって見送りました。

五

パトカーが走り去るのを見届けると、黒猫は早速戻ってきて、木の枝から忍者のようにそっと家の様子をうかがっていました。

狸たちは楽しそうに笑いながら、クッキーを食べ、紅茶をのんでいます。うらやましくて、のどが乾きました。

「それにしても、タロットカードだけの盗みなんてお気の毒ね」

「テブッチョめ！　冷蔵庫のチーズに気がつかないのか」

クロは長いしっぽをくるっと回し、青い目を光らせました。

「用心に窓枠を取りつけたらどうだろうね」

と、おばあさん。

「檻(おり)ん中に入ったようでいやだなァ」

と、お姉ちゃん。

「動物園の狸になるの？」

と、ター坊がいったので、みんなはまたハッハハと大笑いしています。

「なんであんなに楽しそうなんだ？　ちっとは、しょげるとか恐れ入るとかしろってんだ。おれがちらかした後片付けだけだって大変なのに。あの気楽呆助(きらくほうすけ)のけちんぼ狸め！」

クロはくやしがって悪態(あくたい)をつきながら御殿山を上っていきました。どうしてもわからないのは、みんながなぜ狸御殿と呼ぶのかということでした。

クロは松の木の上にスルスルと登り、幹と枝の間に座って考えこんでしまいました。

まるい月が森をてらし、チカチカ星がまたたいています。なんだか今夜は妙に淋(さび)

しい気がしてきました。狸のおばあさんやお母さんや、可愛いハナちゃんやター坊たちの笑顔が次次に浮かんできて、自慢(じまん)の青い目までウルウルしてくるのでした。

× ×

さて次の朝、

クロはキリリと鉢巻(はちまき)きをしめて、紺(こん)のはんてんを着こみ、狸御殿の門に立ちました。そしてベルをならすと、大声でいいました。

「(コン)チワァ！　植木屋でございます。御用はありませんか。植木のお手入れお安くしておきます」

おばあさんとお母さんが、うれしそうに出てきました。

「よかったですね、おばあちゃん」

「ほんとにグッドタイミング。植木屋さん、きれいに刈ってください。窓下なんかもさっぱりとね」

「へいへい、こうっと。広いお庭でござんすね。とても一日じゃ終わりません。よろしいですか？」

「はい、結構よ。二日でも三日でも」

「ありがとうございます」

クロはするすると椿の木に登ると、大ばさみでチョキン、チョキン。

青空がひろがっています。日の光が降ってきます。〈いい気持ちのもんだなあ。朝の仕事ってのは〉チョキン、チョキン。

やがて、お母さんの明るい声。

「植木屋さん、ご都合でお茶にしてくださいな」

「へい、ありがとうございます」

〈トホ、とうとうおれも狸御殿のお仲間入りよ〉

クロはうれしそうに、長いしっぽをゆらして、椿の木をゆっくりおりていきました。

一枚の絵

一

タヌキのお婆ちゃんが病気になりました。昼も夜もうつうつ眠ってばかりいるように見えます。ター坊は心配になって、そっとお婆ちゃんの寝息をききにいきました。ベッドの上で小さくなったお婆ちゃんの胸にそっと耳をおしつけると、お婆ちゃんは急にかっと目をあけました。

「まだ息はしているよ」

「苦しくない?」

「苦しい、苦しい」

「どこが苦しいの?」

「どこもここもみんな苦しい。もうすぐ死ぬよ」

「死ぬ死ぬっていうタヌキに限って死なないんだって」

「誰が言った。お母さんだろ」

「ううん、お父さん」

「あの薄情者(はくじょうもの)め!」

「でもそうなんだって、みんな言ってるよ。だからお婆ちゃん大丈夫だよ」

「いいや死ぬ。誰がなんてったって自分が一番わかるものさ。だから大物の象だって、死ぬ時は一人で姿をかくしてしまうのさ。もうすぐお婆ちゃんもかくれてしまうよ」

「かくれないでよ、お婆ちゃん。ぼくおいしいスープ作ってもらってくる」

「ありがとう。ター坊はやさしいね」

お婆ちゃんダヌキの目に涙が光りました。

「ター坊は何が得意なんだえ」

と、お婆ちゃんはききました。

「勉強はだめだけど、絵をかくんなら得意だよ」

「それはいい」

お婆ちゃんはにっこりしました。

「じゃあお婆ちゃんのために、絵を一枚かいておくれ」

「うん」

お婆ちゃんはベッドの下の大きながま口をあけると、おさつを一枚くれました。

「これで、クレヨンを買っておいで」

「絵の具が買えるよ。おつりもくるよ」

「何でもいいからうんといいのを買っておいで。おつりはみんなお前にあげるよ」

「ワッうれしいなあ」

「そんなにうれしいかい。でもお婆ちゃんの注文は少し難(むずか)しいよ」

ター坊はびっくりしました。

「何かいてもいいんじゃないの」

「冗談じゃない。今、虎の子をあげたんだから、お婆ちゃんはお客様だよ。お婆ちゃんの言う通りの絵をたのむよ」

ター坊は首をひねりました。お婆ちゃんは遠くを見る目で、静かに話しはじめました。

「いいかい。駅のホームだよ」

「どこの駅?」

「もう今はないのさ。だから、ター坊の頭の中にさびしい駅を思いうかべておくれ」

「さびしい駅ねえ」

ター坊は腕をくみました。

「長いホームだけどね、天井も壁もある。ガラス窓もところどころあいている。でも割れたガラスのほうが多いんだよ。だから風は吹きさらしだね」

「どうしてガラス入れないの」

「貧乏な駅だからさ」

「ふうん」

「窓の下には長い木の椅子。一つ一つの椅子じゃないよ。せまいえんがわみたいに何人でもこしかけられる椅子だよ」

「うん、わかった」

「その椅子に若いキツネの娘さんが一人ぽっちでこしかけている」

「タヌキじゃないの」

「キツネだよ。お前、そりゃあ上品なもんだ」

「そうかなあ」

「そのキツネの娘さんは、桃色と灰色のしまもようのもんぺをはいてね。もんぺったって上も下も同じもようのめいせんだよ」

「めいせんて？」

「光りがある着物さ、絹だよ」

「ふうん」

「いいかい、キツネさんはもんぺの両足をきちっと揃えて、両手をきちんと重ねて、何時間もそうやって待ってるのさ」

お婆ちゃんダヌキは黙(だま)ってしまいました。あんまり黙っているのでター坊がききました。

「誰を待ってるのさ、お婆ちゃん」

「わ・た・し」

「なあんだ、お婆ちゃんか」

お婆ちゃんはにこにこして言いました。

「わたしだって若い頃はタヌキの娘さんだよ。二人で仲良く遊びに出かけたものさ。キツネさんは絵が好きでね、その日も展らん会に行く約束をしたの。ところがお客さんがおいしいぼたもちを持ってきてね、わたしは食いしん坊だから食べては話し、話しては食べ、約束をすっかり忘れてしまったのさ。はっと気がついたら二時間たっちゃった」

「メールすればいいのに」

「そんなもんまだないころの話だよ。いそいで電車にとびのって、その駅についたら、キツネさん、ポツンとこしかけてたの。駅の時計みたら三時間すぎてたよ。そんなに待ってたんだよ、キツネさんは……。お婆ちゃん年とって、いろんなめにあってきたがね、あの時くらいうれしかったこと、ほかに思い出せない」

「キツネさんおこった?」

「と、思ってさ、わたしは一生けん命言い訳してあやまったの。お前、嘘をつく時って、早口になるもんだよ。ドキドキするしね」

「キツネさん、許してくれた?」

「それがお前、キツネさんはニコニコきいていてね、最後にこう言ったものさ。『タヌキさんに限って来ないことぜったいないわ。わたし何時間だって待ってるわよ』なんと上品なキツネさんだろう。わたしはズボラな性格だけれど、キツネさんには、一生待たせないと決心したね」

「ほんと」

「本当だとも。それからはいつも十五分早くついてお待ちしていたんだよ」

「お婆ちゃんもえらいや」

「何がえらいもんか。罪ほろぼしってもんさ」

「そんなことないよ。一生守るのはすごいよ」

「かわいいこと言ってくれるね」

お婆ちゃんダヌキは鼻をならすと、大きながま口からもう一枚おさつを出しました。

「これはお前の絵かき料だ。ふんぱつするからしっかりかいておくれ」

「ウワッまたもらっちゃった」

ター坊は一生けん命かこうと思いました。

二

次の日、ター坊は画用紙にかいた絵を持ってお婆ちゃんの部屋にとんでいきました。

「おや、もうかけたのかい」

ター坊は胸をはってみせました。するとお婆ちゃんは顔をしかめました。

「何だい、このキツネさんの顔。目がつりあがってるじゃないか」

「キツネは目がつりあがってるよ」

「細いだけだよ。星のようにやさしい目だよ」

「ふうん、じゃ書き直してくる」

ター坊はキツネの目を大きくして、そこから小さな星をパチパチと二つ三つとばしました。ちょっとマンガみたいだけどまあいいや。

ター坊は頭をかいてお婆ちゃんにみせました。すると案の定お婆ちゃんは笑い出してしまいました。

「やっぱりマンガみたい？」

ター坊がきくと、お婆ちゃんはター坊の手をにぎりました。

「いいかい、この時キツネさんは何て思ってただろうね」

「早くお婆ちゃんこないかなあ」

「タヌキさんだよ。わたしは若い娘さんなんだから」

「うんそうか、タヌキさん早くこないかな」

「そうそう、はじめはね。でもそのうちいろんなこと思ったろうよ。帰っちゃおうか。一人で行ってしまおうか。電車が入ってくる度、立ち上がって一歩歩く。わた

しの姿が見えない。がっかりしてまたこしかける。そんなこと何十回くり返してい
た、そのキツネさんの顔かい？　これが」
ター坊はうなりました。お金をかせぐのは大変なもんだと思いました。よし、今
度こそ。駅の割れたガラス窓。長いこしかけ。一人でこしかけているキツネさんは
大きくかきました。ピンクとグレーの着物のしまも丹念（たんねん）にかきました。赤いぞうり
もかきました。
細長い顔に細い目、さびしそうな顔にかきました。
「お婆ちゃん、できた」
「おやそうかい。近頃はター坊がくるのが楽しみだ」
お婆ちゃんは元気そうでした。そして、つくづくとその絵をみると、
「ちょっと、そこへはっておくれ」
と言いました。
ベッドの足の方の壁にびょうでとめると、お婆ちゃんはじっとみていましたが、

涙をポロッとこぼしました。

「どうしたの？」

「ごめんよ。ター坊がせっかく一生けん命かいてくれたのに、お婆ちゃんこの絵みてるとさびしくてしょうがなくなるよ」

「じゃあ、もう一度書き直してくるからね」

ター坊は宿題も遊びもほっぽらかして、夜中までかかって書き直しました。

翌朝、「お婆ちゃん、起きてる？」

ター坊は後にかくした絵をぱっと見せました。キツネさんが立っています。にっこり笑っています。駅の窓の外には桜が咲いて、花びらがホームへパーッと散っていました。

「ほら、お婆ちゃんの電車が入ってきたところだよ」

お婆ちゃんダヌキは大きな目をあけて、

「何てすてきな……」

と言ったっきり声が出ませんでした。それからにこにこして、壁にはってくれるようたのみました。

三

お婆ちゃんダヌキが目をつむらなくなりました。いつもやさしい顔をして、キツネさんを見ています。ター坊が言いました。

「お婆ちゃん、キツネさんに手紙かいたら」

「手がふるえてかけないね」

「書いてあげようか」

「ありがとう、何でも役に立つ子だね」

お婆ちゃんは大がま口をあけました。

「いいんだよ。葉書(はがき)ならぼく持ってきた」

「すまないねえ」

「何てかくの」

「そうさねえ」

お婆ちゃんダヌキは目をつむって考え、それからゆっくり言いました。

「キツネさんお元気ですか。わたしは年をとって、病気になって、動けなくなりました。でも息子も嫁も孫もみんな親切なので幸せです。でもお見舞にはこないでください。何しろわたしが哀れな姿なので。お願いします。

さようなら」

変な手紙だなあとター坊は思いました。後があいてしまったので、もみじの葉をはってポストに入れました。

キツネさんからすぐ返事がきました。

「長い間のお疲れでしょう。タヌキさんはいつもお元気でしたのに。ゆっくりお休みになって、また必ずお会いいたしましょう。お約束です。どうぞどうぞお大事に」

裏はすべすべした写真の絵葉書でした。ピンクのバラが一りん咲いて、花びらには露（つゆ）がたくさんたまっていました。

「きれいだね。雨が降ってるのかなあ」

と、ター坊が言いました。

「涙だよ」

「バラが泣くの？」

「キツネさんはこうやって泣くのさ」

お婆ちゃんダヌキは絵葉書をおしいただいてから、シーツにおきました。

「キツネさんともう一度、最後の約束を果たさなくてはネ。どれ起き上がってみようかしら」

「お婆ちゃん、ガンバレ」

ター坊が背中をおしました。お婆ちゃんはうれしそうにベッドに座りました。

「あら、お婆ちゃん、大丈夫ですか」

母さんダヌキが入ってきました。

「お母さん、枕元の花は片付けてくださいよ。仏さまにされちゃったようで、わたしはきらいだよ」

「あら、お婆ちゃん、お花きらいだったんですか」

母さんダヌキは、あわてて花瓶ごと持って出ていってしまいました。お婆ちゃんダヌキはバラの絵葉書をそこへおきました。

翌日、朝の牛乳を持っていった母さんダヌキが「キヤッ」と叫びました。

「大変、パパ来てちょうだい。お婆ちゃんがいないのよ」

「なんだと！」

大さわぎになって、お父さんもお母さんも表へ走っていきました。ター坊も走っていこうとして、ベッドの上の絵をふり返りました。

「あ、お婆ちゃんだ！」

ター坊は大きな声をあげました。若いかわいいタヌキの娘さんが、キツネさんのとなりに立って、にこにここっちを見ています。

「あんなとこにかくれちゃって、ぼく見つけたよ、お婆ちゃん」

と、ター坊が叫ぶと、絵の中のタヌキの娘さんは、片目をつむって人差指で口を押さえました。ター坊が思わず自分の口をおさえると、タヌキの娘さんはにやっと笑って、ペロリと舌を出しました。

空蝉ガラッチョ

ガラッチョはこわくてたまりません。青黒いやつでの幹にしがみついて、ふるえていました。

――なんだって、ぼくはこんなに登ってきてしまったんだ。その上、急に身動きもできなくなるなんて――

さっきから何回そう思ったことか。思えば思うほどどいまいましくなって、

「チョッ、チョッ」

と舌打ちしました。でも、今のガラッチョの背中はぽっかりわれているので、そこから空気が入って、「ヒュッ、フゥ」なんて、へんな舌打ちになってしまうので

した。ガラッチョはもう泣きだしたくなりました。

――あいつのせいだ。ツクツクのせいだ――

そうなんです。ツクツクのせいなんです。ガラッチョは、法師蝉(ほうしぜみ)のぬけがらなのです。


ガラッチョとツクツクは、とても仲(なか)のよい友だちでした。二人は、生まれた時からいっしょでした。長い間、土の中で抱きあってくらしていました。というのも、ガラッチョの体の中に、ツクツクが入っていたからです。木の汁のジュースをのみあって、二人はだんだん大きくなっていきました。

七年たったある日、ツクツクがいいました。

「ねえガラッチョ。こんな暗い土の中、ぼくもうあきちゃった。土の上へでてみようよ。ね」

ガラッチョはびっくりしました。でも二人いっしょなら、土の上へでてみてもい

いかなとちょっぴり思いました。それで、

「いいよ。ぼくがんばってでてみる」

と、いってしまったのです。

「うわーい。ありがとう」

ツクツクはよろこんで、ガラッチョにつよく抱きつきました。

ガラッチョはずいぶん長いこと一生けん命土をかきわけ、やっと土の上に顔をだしました。

それは夏の明け方でした。

「うわっまぶしい」

ガラッチョは目をパチパチしました。

「うわーい。明るいなあ。すてきだなあ」

ツクツクは大はしゃぎです。

「ガラッチョ、もっと歩いて。そうだ！　この木の幹に登っていこうよ。土の上よりもっとすてきだよ。きっとそうだよ」

　ツクツクがもうじっとしていられないように、ガラッチョをゆすります。ガラッチョはひっしで足もとの細い幹にかじりつきました。それから足の爪をしっかりと幹にたて、体を起こしたままそろそろ、そろそろ登っていきました。やがて、大きなやつでの葉がうす暗く頭の上にかぶさるところまで登ってきた時、ガラッチョはふいに足をとめました。体の中を、何かがつーんと走るような気がしたのです。のどがカラカラにかわいていました。

「もう登れないよ」

　ツクツクは答えません。

「葉っぱがじゃまして、だめなんだ」

　ツクツクは答えません。なんだか息をひそめてじっとふんばっているようです。

「どうしたの、ツクツク」

　ツクツクは答えません。二人はだまってじっとしていました。

突然（とつぜん）、ガラッチョが「いたい！」と叫びました。ガラッチョの背中が、パチンとわれてしまったのです。そして中から「うーん、うーん」といきばりながら、ツクツクがはいだそうとしています。

——ぼくから、このぼくの体の中から、ツクツクがでてきたなんて——

ガラッチョは気が遠くなりかけては、ひっしに幹にしがみつきました。

やっと頭と胸をだしたツクツクは、かぶさるようにしてガラッチョの顔をのぞきこみました。あんなに可愛（かわい）かった茶色の目が、真黒に光っていました。「うーん」ツクツクは、力いっぱい体をそり返しました。すると、足の先までガラッチョからぬけでてゆきます。ツクツクはすっかり大きくなっているのです。今度は起き返って、最後にくっついているおなかの先を、ガラッチョから静（しず）かにぬきとりました。それからガラッチョの上から抱きついて、さも疲（つか）れたように、でもとても満足そうにいいました。

「とってもすてきだ。空気がおいしい。ぼく軽くて、どこまでもとんでゆけそうだ」

あまりのことに、ガラッチョは口がきけません。ツクツクのちぢこまったうす青い羽を、びっくりしてみました。それから、ほんとうに気を失ってしまいました。

どのくらいたったのでしょうか。ガラッチョは目をさましました。背中がスースーして、体中の力がすっかりぬけてしまったようでした。ツクツクはもういません。下を見ると目がくらむようでドキドキします。くやしくて、情けなくて、ガラッチョは目をつむりました。ツクツクはどこへいってしまったのでしょう。

「ごめんね、ガラッチョ。さようなら」

遠くの方で、そんなツクツクの声を聞いたような気もします。すきとおったうす青い羽のすじがとてもきれいだったと、ぼんやり思います。

――でも、あれは夢だったのかもしれない。いやぼくがここにこうして動けなくなっていることさえ、もしかしたら夢かもしれない――

ガラッチョは、どんなにそう願ったことでしょう。でも太陽は空の真ん中に上がって、ジリジリと照りつけていました。その空へ向かって百日紅の花がいきいきと咲き、庭のすみでは紫のぎぼしの花がいっせいに頭を下げて咲いていました。

「ガラッチョさん」

ふいに誰かに呼びかけられました。

「だあれ」

といったつもりが、

「はあれ」

――ああ、この背中さえわれていなかったら――

「わたしですよ。ほら、蟻のクロです」

「あっ」

ガラッチョはなつかしさのあまり、足もとを見おろしました。

「やあお久しぶり。こんなところで何をしているんですか」

黒大蟻がやつでの幹を登ってきて、あおむいています。ガラッチョは急に胸がせまって、涙をポトリとおとしました。

黒大蟻はガラッチョの話をきくと、考え深そうにいいました。

「たいへんでしたねえ。土の中のほうが二人とも、幸せだったかもしれない。でもまあ、それは仕方がない。宿命なんだから」

「ヒュクメイ?」

「そう、つまりツクツクさんが悪いんでもないし、ましてガラッチョさんが悪いんでもない。そうなるように決まっているってことなんです」

「ロウして?」

「どうしてって、つまりそれが宿命なのです。だからあなたも、早く立ち直ることですよ。勇気をだして。なんてったって生き物には、勇気が一番必要なんです。わたしも年をとってしまうから、夏のうち一生けんめい仕事をしなくてはなりません。ま、がんばってください」

黒大蟻はせかせかと、やつでの幹をおりていきました。

――がんばるっていったって、こんなへなへなになってしまったぼくに、何ができるのさ――

ガラッチョは、小さな体を器用にすばやく動かしてゆく黒大蟻を、じっと見送っていました。

――蟻さん、こわくないらしい。よーし。ぼくも木の上だってこわがらないぞ――

夕方が来て、夜が来て、朝が来て、昼が来て、また夕方がこようとしていました。

ガラッチョはツクツクのことを、くやしいと思わなくなりました。ただもうなつかしくて会いたいばかりでした。

白蝶がひらひらとんできました。ガラッチョは思いきってたずねてみました。

「ヒョウヒョさん、ツクツクは、ロコへいったかヒラない?」

白蝶はおかしそうに笑いました。

「いやねえ。あんなにないているじゃないの」

いわれてみると、さっきからいちょうの木の上のほうで、オーシンツクツク、オーシンツクツクとそれは美しいなき声がきこえていました。

「フウッ、あれがツクツクラッタの」

「わたし、油蝉よりもみんみん蝉よりも、つくつくぼうしの歌が一番うまいと思うわ。すきとおった声でちょっと淋しそうで、でもせいいっぱい歌うでしょう。わたしファンよ」

白蝶はにっこり笑って、とんでいってしまいました。

「ツクツク！」

ガラッチョは、いちょうを見上げようとしました。でもやつでの大きな葉がかぶさって、何も見ることはできませんでした。

それでも、ガラッチョは幸せでした。朝夕涼しくなると、ツクツクのあの美しい声がきけたからです。白蝶のいったとおり、それはどの蝉よりもほんとに美しい声でした。あんなに歌が上手だなんて、思ってもみないことでした。あの歌をうたうために、ツクツクは自分からはなれていったのだと思いました。そうして、それはまったく仕方のないことだとも思いました。

ところがある日、すごい嵐がやってきました。真っ暗な夜だったので、ガラッチョには何も見えません。ゴウゴウと風が吹き荒れ、木の葉や小枝が吹きちぎられ、横なぐりの雨が叩きつけるように降っていました。おそろしい嵐(あらし)でした。けれどもやつでの葉のおかげでしょうか。ガラッチョはびっしょりとぬれながら吹きとばされず、やつでの幹にくっついていました。

心配なのはツクツクのことです。翌朝、もう油蝉は一心になきはじめましたが、ツクツクはなきません。次の日も、その次の日も。

「あら、お元気。ひどい嵐だったわね」

白蝶が通りがかりに声をかけてくれました。

「あ、待って、ヒョウヒョさん。ツクツクはなかないんラよ」

「もういないわ。たぶん」

「マヒャカ、アラヒに」

「でなくってもさ、蝉の命ってとても短いわ」

白蝶はキュッとくちを結び、ゆっくりとんでいってしまいました。

ガラッチョにとって、ほんとうの悲しみはその時から始まりました。夏はもう過ぎ去ろうとしていました。大きな夕焼けの中で、太陽の光も黄色く沈んでみえました。もちの木とやつでの枝を行き来しで網（あみ）を張ったクモが、巣の真ん中に座っています。クモは網を張る時そばに近づいてきて、「ふん、ぬけがらか」

と、遠ざかっていってしまいました。

――ぬけがら。ほんとうにぼくはぬけがらになってしまった――

ガラッチョの目からは、もう涙も流れませんでした。虫がないていました。ガラッチョにはやつでにつかまっていることなど、もうどうでもよいことでした。けれどもその爪は深く幹にくいこんで、はなれなくなっていました。

その秋は、三度も嵐がやってきました。風に吹かれるたび、雨に叩かれるたび、ガラッチョは少しずつしぼんで、体の色もほんの少しうすくなったようでした。だんだん軽くなってゆくのを感じながら、ガラッチョはいつからか自分もツクツクのようにとんでみたいと思うようになりました。下を見ることも遠くを見ることも、今は少しもこわくありません。

　東の方でコスモスの花がゆらゆらゆれるのを見たり、南の方で赤とんぼが二匹、すいすいとんでいるのを見ました。

「あら、あの花わたしたちみたいに赤いわ」

「ああ、鶏頭（けいとう）か。しかしぼくたちのほうが、ずっと洗練（せんれん）されているさ」

　赤とんぼは、胸を張って楽しそうでした。

「ギーッギーッ」

　とんできたのは尾長（おなが）です。青みがかったグレイの美しい長い尾をふるわせると、ゆっくり庭を歩きだします。

「チエッ、青柿の奴、あんなに吹きおとされちまって」

尾長は黒い頭をちょっとかしげ、面白くなさそうにとんでいってしまいました。

雀も椋鳥もよくとんできます。むらがってとんできて、小さな木の実をつついています。

ある日、庭の芝生にパンくずがまいてありました。あっちの木に止まったり、こっちの木にかくれたりしながら、雀たちはだんだん近よってきました。そのうち一羽の雀がおそるおそる近づいてきて、小さく千切ったパンをくわえ、あわててとびたちました。すると二羽の雀がきて、パンをつつきます。次は三羽。さっきの雀が帰ってきて、今度はその場で食べています。

椋鳥が二羽おりてきて、黄色いくちばしで大きめのパンくずをくわえました。雀はびっくりして逃げましたが、すぐ戻ってきて、かわるがわる仲よく食べはじめました。ひとしきり、にぎやかな庭になりました。雀たちはおしゃべりが好きです。ペチャクチャペチャクチャ、みんなとても楽しそうです。あんまり楽しそうなので、ガラッチョも自然に微笑んでいました。雀たちがとんでいってしまうと、ガラッチヨは心の中でいいました。

「ツクツク、土の上って、ずいぶんにぎやかなんだねえ。それにとてもきれいなんだねえ」

でも庭のすみのやつでの葉かげでじっと見ているガラッチョに、声をかけてくれる者はいません。白蝶や黒大蟻も、あれっきり姿を見せませんでした。ですからガラッチョは、心の中でひとりごとをいうくせがついてしまいました。

——蟻さん、もう土の中の家に帰ってしまったの。夏中一生けんめい働いたんだね。ぼくもがんばったよ。しっかりこの木につかまって生きてきたよ。もうなんにもこわくないよ。だからぼくとびたい。ツクツクみたいに——

ガラッチョは胸がドキドキしました。

——なんてすてきだ！　まぶしい光の中を自由にとびまわれるなんて——

思わずうっとりしてしまう自分に気がついて、ガラッチョは悲しくなりました。

——無理なことだ。そんなことはできない。ぬけがらはとべない——

ですから、もうそんなことは考えないようにしました。

――土の中のぼくが、こうして土の上にはいだして、木の幹にまで登れたんだ。ツクツクは一生けんめい歌ったし、ぼくはこの世界を見ることができた。これでいいんだ。そうだよね、ツクツク。これでいいんだよね――

ガラッチョは目をとじました。

――ぼくはこうして、枯れるように死んでゆくだろう――

月の光が、ガラッチョを青く照らしていました。

虫たちが鳴かなくなって、芝生の上にうすい霜が光りはじめました。楓の葉はもえるような赤に、いちょうの葉は美しい黄色に染まってゆきました。やわらかい晩秋の日ざしが、今はもうカラカラにかわいたガラッチョを、包むように照らしていました。

それは月の冴えた晩でした。昼間から吹きだした野分がピュウピュウと吹きまくっていました。もみじの葉もいちょうの葉も一度に空に舞い上がって、くるくると走っていきました。

ガラッチョにはもうおそろしいものなどありません。烈(はげ)しい風の音も、まるで子守唄でもきくように、うつらうつらと眠っていました。

ガラッチョは夢をみていました。いい夢でした。土の中は暖かく、体の中にはツクツクが抱きついていました。木の汁のジュースを飲みながら、ツクツクがいいました。

「ねえガラッチョ、ぼく空をとんでみたい。そうして思いきり歌ってみたい」

「ぼくもだよ、ツクツク。ぼくだって空をとんでみたい」

「それじゃとぼう」

「そんなことといったって」

「大丈夫(だいじょうぶ)。とび上がるんだ。勇気をだしてとび上がるんだ」

いつのまにか、二人は木の幹に止まっていました。

「そんなことといったって、君にはきれいな羽がある。でもぼくには足しかないよ」

「大丈夫。ガラッチョ、とんでこい。ぼくにつづいてきっととんでこいよ」

「オーシンツクツク、オーシンツクツク」

ツクツクはひとしきりなくと、さっととび上がりました。

「よし！」

ガラッチョは思いきって足をけりました。ふわっと体がうかび上がりました。

「とべた！　ぼく君のようにとべた！」

「ね、君は軽いんだ」

ツクツクは楽しげに笑いました。ガラッチョとツクツクは、思いきりとびまわりました。山茶花（さざんか）の花びらが散って急に舞い上がり、二人を追いかけたりしました。楽しげな二人の笑い声が、風の中を一晩中ひびきわたっていました。

野分がやんで、朝になりました。すっかり葉を落とした木々の中で、やつでの白い花だけがのび上がるように咲いていました。その大きな葉の下には、ガラッチョの姿はもうありません。ただ青黒い幹に爪をたてた足だけが一本、まだしっかりとくっついているのでした。

あとがき

心筋梗塞で命拾いをしてから二年、介護されつつも幸せに米寿を迎えることができました。

それを機に、長い人生を振り返って、童謡童話誌「まつぼっくり」に発表してきた童話をまとめることにいたしました。

その際、同誌におかきいただいた同人の皆様方のイラストも掲載させていただきまして、ありがたくお礼申しあげます。

一九九五年、初めて童話集『通りゃんせ』を発行してから、二十年も経ってしまいました。その間、私の折々の喜びや悲しみの経験を童話によせて表現してきましたので、拙いながら懐かしさを憶えております。

そして、常に私の生きる支えとなっていた「まつぼっくり」の先生方はじめ、皆様を懐かしく思い、感謝しております。

なお、今回も大変お世話になりました光陽出版社編集の谷井和枝様に、改めてお礼申しあげます。

二〇一四年十二月五日

下田幸子

下田幸子（しもだ　さちこ）

1927年、東京生まれ
明治大学女子専門部経済科卒業
1967年、童謡童話集「まつぼっくり」同人に参加、童話を書きはじめる
作品に、「二羽のやまがら」（国土社『夢はいろいろ』収録）
「夢を売ります」「子狸タンマ」（カネボウ童話大賞入選、FM放送にて放送）
童話集『通りゃんせ』（1995年）、『しのぶ草』（2000年）、『沙羅の花かげ』（2009年）発行

童話集　月夜のしか

2015年3月3日　初版

著　　者　下田幸子
〒184-0011　東京都小金井市東町4-31-23
発 行 者　明石康徳
発 行 所　光陽出版社
印刷・製本　株式会社　光陽メディア
〒162-0818　東京都新宿区築地町8番地
電話　03-3268-7899

© Shimoda Sachiko printed in Japan, 2015.
ISBN 978-4-87662-582-6 C8090